DIANA

Das Buch

Sardinien zu Beginn des vorigen Jahrhunderts: eine raue archaische Welt, in der andere Gesetze herrschen. In diesem Frühling ist die Barbagia fest im Griff des Mistrals. Dieser Wind treibt die Wolkenfetzen über den Himmel, zerrt an den Bäumen, schubst Mensch und Tiere herum und peitscht das Meer auf.
Für Avvocato Bustianu ist es eine Zeit der Entscheidungen. Da ist zum einen seine Liebe zu der schönen, eigenwilligen Clorinda. Als er sich entschließt, diese Liebe vor aller Augen zu leben, stellt seine Mutter ihn vor die Wahl: sie oder ich.
Und da ist der Mord an einer jungen Sardin. Die offizielle Version lautet: Der Banditenchef Dionigi Mariani hat sie umgebracht. Doch dann lässt der den Anwalt zu sich in sein Versteck kommen – will, dass Bustianu seine Unschuld beweist. Der Avvocato ist in der Zwickmühle. Soll er einen Verbrecher zum Mandanten nehmen? Ehe er sich versieht, gerät er in einen Sog aus Verbrechen und Politik: Eine geheime Organisation hat es sich zum Ziel gemacht, eine »andere Welt« zu erschaffen.

»Die neueste Entdeckung Italiens.« *Elle*

»In Sardinien, wo er geboren wurde, ist Fois bereits DER Kultautor: Ist er der neue Camilleri?« *Andrea Camilleri*

Der Autor

1960 auf Sardinien geboren, lebt Marcello Fois heute als Romanautor und Dramatiker in Bologna. Für seine Krimiserie wurde er mehrfach ausgezeichnet, unter anderem mit dem italienisch-amerikanischen Literaturpreis »Premio Zerilli Marimò«. In Italien haben die Krimis um den unkonventionellen Avvocato Bustianu, den Anwalt der Armen und Unterdrückten, längst Kultstatus.
Die blaue Zunge ist der dritte Krimi mit Avvocato Bustianu. Im Diana Taschenbuch liegen bereits vor: *Tausend Schritte* (62/134) und *Himmelsblut* (62/163).

Marcello Fois

Die blaue Zunge

Ein Fall für Avvocato Bustianu

Roman

Aus dem Italienischen
von Petra Kaiser und Peter Klöss

DIANA VERLAG
München Zürich

Diana Taschenbuch 62/0373

Titel der Originalausgabe
»L'altro Mondo«

Die Arbeit an der vorliegenden Übersetzung
wurde gefördert durch ein Stipendium
des Deutschen Übersetzerfonds e.V.

Redaktion: Monika Köpfer

Deutsche Erstausgabe 03/2004

Der Diana Verlag ist ein Verlag
in der Verlagsgruppe Random House GmbH
Printed in Germany 2004

Umschlagillustration: photonica/Kaz Chiba
Umschlaggestaltung: Hauptmann und Kampa
Werbeagentur, München – Zürich
Satz: Schaber Satz- und Datentechnik, Wels
Druck und Bindung: GGP Media, Pößneck
Gedruckt auf chlor- und säurefreiem Papier

ISBN: 3-453-87366-1

http://www.heyne.de

Für Roberto Seddone

eins

Einsam und düster ziehen sie dahin,
Das Herz in dunklen Gedanken gefangen,
Das Auge in der Unendlichkeit verloren.

Sebastiano Satta,
»Alba«, in: *Canti barbaricini*

Vor dem Haus von Tzitzu, der eigentlich Efisio Cubeddu heißt, aber aus unerfindlichen Gründen überall nur Tzitzu genannt wird, vor seinem Haus geht es los.

Bustianu sieht sich um. In dem Mittagslicht, das trotz der wässrigen Sonne blendet, glitzert die graue Steinmauer vor Cubeddus baumbestandenem Hof wie eine Diamantengrube oder wie Schweinesülze, je nach Laune. Die Mauer ist so hoch, dass man selbst vom Rücken des Pferdes nicht in den Hof hineinsehen kann. Doch dahinter, jenseits der gewellten, strohtrockenen Felder, jenseits der Wipfel der Granatapfel- und Kirschbäume, die Tzitzu mit einer Hingabe hegt und pflegt, als wären es seine Kinder, steigt das Land sanft an, und üppige strahlend gelbe Ginsterbüsche säumen den Himmel wie eine Halskette.

Hier, an dieser Stelle, geht es los, denn hier sind sie verabredet.

Bustianu zieht leicht am rechten Zügel und taucht in den zwei Meter breiten Schattenstreifen ein, den die Mauer auf die Straße wirft. Er wartet.

Warm ist es eigentlich nicht, aber der Himmel hängt so tief, dass man meint, ihn mit bloßen Händen greifen zu können, wenn man sich nur ein wenig reckt. Und die Luft riecht nach schmutzigen Füßen.

Um diese Zeit ist keine Menschenseele auf der Straße. Alle sind im Haus, um hinter geschlossenen Fensterläden zu verdauen und ihren Gedanken nachzuhängen.

Um diese Zeit, kurz nach Mittag, verkriechen sich sogar die Kinder in die Laken, in diese schattige, schneeweiße Höhle. Ein Wunder, wie es nur die Angst vor der bösen Muhme Sonne zu vollbringen vermag, denn sie holt, so Mütter und Großmütter drohend, alle Kinder, die mittags noch auf der Straße sind. Nur so bringt man die Kleinen dazu, das gleißende Licht zu meiden und eine Mittagsruhe einzuhalten, die sie, wenn es nach ihnen ginge, gar nicht bräuchten.

Bustianu unterdrückt ein Gähnen, und über dem Bauch, der vom hastigen Mittagessen aufgebläht ist, spannt die Weste.

Allmählich wird alles zur Last: Die Übergangsjacke zwickt unter den Armen, der Hut drückt auf Stirn und Nacken, die Finger in den Wildlederhandschuhen sind taub; und dazu noch die drückende Luft und der blendend gelbe Ginsterschaum, der sich dem Himmel darbietet wie ein weiches Lager …

Es ist still, doch in dieser Stille raschelt und brummt es: fette Eidechsen und Schlangen, die durch das verdorrte Gras huschen, Ameisen, die in langen Prozessionen Krümel zu Grabe tragen, und Hummeln, die, vom Duft des Blütenstaubs ganz benommen, mit den gläsernen Flügeln schlagen.

Genau an dieser Stelle geht es los.

Bustianu reibt mit der Hand über den Sattel, um das Leder zu polieren.

Jetzt kommen aus der Stille nur noch gedämpfte Geräusche, ein ruhiges Auf und Ab, als würde die Erde unter den Hufen seiner Stute ruhig atmen. Zufrieden bleckt Minetta die schneeweißen Zähne und atmet die schwere Luft ein, dann schüttelt sie den Kopf. Bustianu beugt sich über sie, wie um die Mähne zu küssen, und klopft ihr sanft auf den nervösen Hals. »Brav«, sagt er, »sei brav, wir sind bloß ein bisschen früh dran.«

Minetta nickt, als hätte sie verstanden. Aber das Warten macht sie unruhig, sie schlägt mit dem Schweif nach den

Fliegen. Das Gewicht ihres Herrn, der vor lauter Anspannung noch mehr zu wiegen scheint, macht ihr zu schaffen, sie atmet schwer. Sie ist zwar hart im Nehmen, aber Stillstehen widerstrebt ihr. Sie wartet nicht gern, doch dann ist sie unermüdlich und würde ihren Herrn bis ans Ende der Welt bringen. Sie geht über Stock und Stein, lässt sich von unwegsamem Gelände nicht abschrecken, und Steigungen erklimmt sie so hoch erhobenen Kopfes, dass sie es mit jedem preisgekrönten Araberhengst aufnehmen könnte. Dabei ist sie bloß ein einfaches Reitpferd ohne Stammbaum, aber folgsam und ausdauernd.

Bustianu spürt, wie sich die Flanken zwischen seinen Schenkeln rhythmisch heben und senken. Er spürt, wie ihr großes Herz in der Tiefe schlägt und das Leben unter dem fahlbraunen Fell pulsiert. »Brav«, sagt er noch einmal.

Es geht damit los, dass Minetta die aufgestaute Energie dadurch zu kompensieren sucht, dass sie immer schneller atmet, den Kopf schüttelt, mit dem Schwanz schlägt und laut schnaubt.

Bustianu muss lachen. Durch Aufnehmen der Zügel und Druck in die Flanken gibt er dem Tier zu verstehen, dass es losgeht. Minetta lässt sich das nicht zweimal sagen.

»Gehen, immer nur gehen«, tadelt er sie zärtlich, »wie eine Hure.« Es sind nur ein paar Schritte in dem scharf konturierten Schattenstreifen, den die Mauer vor Tzitzus Haus auf den gestampften Weg wirft, nur ein paar Schritte, dann ist Minettas Hals wieder in der Sonne. Ein leichter Schwenk mit dem Zügel nach links, und es geht wieder zurück. Und so weiter …

Bei der dritten Runde, als klar ist, dass Zenobi sich verspäten wird, schlägt es von der Turmuhr der Kathedrale eins.

Eine graue Schleierwolke schwebt heran und zieht weiter. Ein abgemagerter Hund mit treuherzigen Augen und gelblichem Fell taucht in der Gasse auf und läuft am Boden schnüffelnd vorbei. Aus Tzitzus Haus hört man jemanden rufen: keine Antwort. Eine smaragdgrüne Eidechse sitzt reglos auf einer Granitplatte am Hoftor und sonnt sich, dann huscht sie blitzschnell in eine Spalte zwischen den Steinen. In der Ferne, hinter der Mauer, vielleicht sogar hinter der cremigen Ginsterkette, wo das Land ins Tal abfällt, hört man ein paar Schafglocken bimmeln. Zwei Schwalben verfolgen einander, fliegen im Zickzack durch die Luft und verschwinden schließlich in ihrem Nest. Kaum merklich wiegen sich die Wipfel der Kirschbäume, doch der Windhauch ist so schwach, dass man hier, auf dieser Seite der Mauer, gar nichts davon spürt.

Dann ein nervöses Klappern, und am Ende der Gasse, wo die Abstände zwischen den Häusern schon größer werden, erscheint zuerst der Kopf von Zenobis Rappen und dann er selbst, so verschwitzt, dass ihm das weiße Hemd an der Brust klebt. Schon von weitem schüttelt er entschuldigend den Kopf.

Bustianu kreuzt die Hände über dem Sattel und sieht ihn an.

»Entschuldigt ...«, japst Zenobi, noch bevor er die Zügel anzieht, um das Pferd zum Stehen zu bringen. »Entschuldigt ... das Kind ...«, stottert er, als er schließlich sein Pferd neben Minetta anhält.

Die beiden Männer sind jetzt auf gleicher Höhe, Knie an Knie, und sehen sich an, die Pferde stehen Kopf an Schweif.

»Das Kind hat die ganze Nacht nicht geschlafen«, fährt Zenobi fort. »Sisinnia war todmüde, Avvocato, ich habe einfach nicht gemerkt, dass es schon so spät war.«

Bustianu antwortet nicht, er fragt auch nicht nach. Er sieht Zenobi bloß an und reckt das Kinn.

So verharren sie, wie Vittorio Emanuele II. und Garibaldi in Teano, bis Bustianu schließlich Minetta mit der Ferse zu verstehen gibt, dass es losgeht. Zenobi reißt so heftig den linken Zügel herum, dass sein Pferd sich aufbäumt.

»Los vorwärts, solche Leute lässt man besser nicht warten«, sagt Bustianu, ohne darauf zu achten, ob Zenobi ihm folgt.

Seit zehn Minuten haben sie die Stadt verlassen, als Zenobi sich neben Bustianu schiebt. Eben passieren sie La Solitudine, vor ihnen liegt die Straße nach Marreri, die für die Postkutsche verbreitert wurde.

Dass sie die Kapelle von Balubirde erreicht haben, merkt Bustianu daran, dass Zenobi sich flüchtig bekreuzigt, wobei er verstohlen zu Bustianu hinüberschaut, der ihn seinerseits mustert. »Ihr glaubt doch auch daran …«, sagt Zenobi, womit er das Kreuzzeichen meint und vor allem den Umstand, dass Bustianu wohlweislich darauf verzichtet hat.

Bustianu muss lachen. Von jetzt an geht es gemächlich weiter: Minetta legt ein verhaltenes Tempo vor, die von Silberbäumen gesäumte Straße liegt im kühlen Schatten eines Hügels, die Hufe hinterlassen halbmondförmige Abdrücke auf dem Boden. »Vielleicht habe ich mal daran geglaubt, als Kind«, sagt Bustianu nach einer Weile. »Vielleicht würde ich auch jetzt noch dran glauben, wenn nicht …«, will er schon fortfahren, schüttelt dann aber den Kopf und sagt: »Lassen wir das.«

»Wenn die Priester nicht wären?«, fragt Zenobi hartnäckig. »Da habt Ihr natürlich Recht … Mehr als Recht …«, fügt er hinzu, als gäbe er sich die zustimmende Antwort gleich selbst. »Ich gehe auch nicht zur Kirche, und Almosen kriegen die von mir sowieso keine … Aber die Priester, das weiß man doch, das sind auch bloß Menschen, nicht als wenn die was Besonderes wären … Und überhaupt, Gott, der braucht gar keine Priester … Nur weil ein einziges Schaf lahmt, schlachtet man doch nicht gleich die ganze Herde …«

Aber Bustianu hat nicht die geringste Lust auf eine Diskussion über Religion. Er weiß noch, wie schwer es ihm gefallen ist, sich aus dieser Verstrickung zu lösen: So schwer, dass er sich immer noch gefesselt fühlt. So schwer, dass er sich manchmal sogar beim Beten ertappt hat.

Als sie an einem Lorbeerbusch vorbeikommen, der über die Straße hängt, reißt Zenobi einen Zweig ab und riecht an den Blättern. »Trotzdem glaube ich, dass Ihr viel gläubiger seid als gewisse Leute, die jeden Tag in die Kirche laufen«, sagt er.

»Es gibt so viel Elend auf der Welt, dass ich es wirklich niederträchtig finde, die Menschen zu nötigen, ihr Elend freudig zu ertragen, anstatt ihm ein Ende zu machen«, verkündet Bustianu, und damit ist das Thema für ihn erledigt.

»Hmm …«, erwidert Zenobi nachdenklich, noch hat er nicht aufgegeben. »Wenn man sein Elend freudig erträgt, dann ist es doch im Grunde gar kein Elend mehr …«

»Und?«, unterbricht Bustianu ihn schroff. »Ist es noch weit?« Dabei sieht er in die Runde und hält nach dem verabredeten Zeichen Ausschau.

»Was für ein Zeichen suchen wir eigentlich?«, fragt er, damit klar ist, dass sie jetzt endgültig das Thema gewechselt haben.

Zenobi zuckt die Schultern. »Angeblich erkennen wir es, wenn wir es sehen.«

Die Vegetation bildet einen kühlen, luftigen, aromatisch duftenden Korridor. Irgendjemand hat die Terpentinpistazien beschnitten, deren tentakelartige Zweige den Weg fast überwuchert hätten.

Minetta weicht einem Hasen aus, der vor ihr über die Straße springt, auch Zenobis Pferd scheut zurück.

Es geht bergab, und die Vegetation wird niedriger. Links erstrecken sich jetzt Felder mit Futterpflanzen und vereinzelten Zwergeichen, rechts wird der Abhang flacher, graue Pappeln sind zu sehen, bald werden sie die Ebene erreichen.

Noch ein paar hundert Meter folgen Bustianu und Zenobi der Straße, schaukeln gemächlich dahin wie im Takt des feierlichen Andante aus Blau und Grün, erdbraunen Flecken und grauem Hintergrund.

Dann kommt das Zeichen.

Auf einem Meilenstein liegt ein toter Hase. Sein Fell ist bräunlich, mit grauen Streifen am Bauch. Die lanzenförmigen Ohren hängen herab.

»Hier entlang.« Zenobis Stimme verrät keinerlei Aufregung.

Bustianu runzelt die Stirn und sieht ihn an. »Wo?«, fragt er.

»Dort!« Zenobi deutet auf einen Pfad, ein ausgetrocknetes Bachbett, das genau an der Stelle anfängt, auf die die gläsernen Augen und das spitze Maul des Hasen weisen.

Bustianu schaut sich um und schüttelt unmerklich den Kopf. »Sie beobachten uns«, flüstert er Zenobi zu. »Das ist der Hase, der uns gerade eben über den Weg gelaufen ist.«

Spöttisch verzieht Zenobi den Mund, aber nicht zu sehr, damit Bustianu nicht denkt, er mache sich über ihn lustig. »Wenn's nur das ist, die sind schon hinter uns, seit wir die Stadt verlassen haben, aber es ist nicht gesagt, dass das derselbe Hase ist, Hasen sehen alle gleich aus.«

Es ist nicht leicht, in dem Gewirr von Erika und Steinlinden den schmalen, zugewachsenen Pfad auszumachen, stellenweise müssen sie sich tief über die Mähne beugen, um nicht von Dornenbüschen zerkratzt zu werden. Als sich die Macchia schließlich zu undurchdringlichem Gestrüpp verdichtet, wird die Schneise so schmal, dass sie absteigen müssen, um den Weg zu finden. »Hier«, ruft Zenobi, der Farnwedel auseinander biegt, um Bustianu den Weg zu bahnen. Und dieses *hier* ist eine kahle Stelle, eine Mulde mit felsigem Untergrund, wo das Licht unerwartet explodiert.

Auf den ersten Blick scheint es nirgends weiterzugehen, doch ein rotes Tuch an einer Hecke markiert einen Durchgang. Tatsächlich lässt sich der markierte Strauch mühelos zur Seite biegen, und dahinter öffnet sich eine Schlucht, die mitten durch die Felsbrocken führt.

Sie müssen den Pferden gut zureden, zuerst damit sie sich überhaupt in die Schlucht hineinwagen, dann damit sie weitergehen, denn zu beiden Seiten ragen die Felswände zwanzig Meter in die Höhe, und bisweilen ist der Durchgang so eng, dass die Steigbügel rechts und links anstoßen.

Da es nur im Gänsemarsch weitergeht, beschließen sie, die Tiere in die Mitte zu nehmen: zuerst Zenobi, dann sein sardischer Araber, dann Minetta und schließlich Bustianu, nur für den Fall, dass man sich vielleicht zurückziehen muss …

In der Schlucht ist es feucht, der Boden ist mit einem Wasserfilm überzogen, der einen fauligen Geruch verströmt. Schaut man nach oben, ist der Himmel nur noch ein schmales Band. Die Luft starrt vor Furcht erregend spitzen Steinen. Große Pferdefliegen bringen die

Schlucht zum Brummen. Zenobis Schwarzer scheut zurück und versucht sich loszureißen. Zenobi, der kaum Platz hat, sich umzudrehen, zieht ihm eins über. Schließlich senkt der Rappe den Kopf, und die Zügel, die vorher straff in die Höhe gespannt waren, hängen jetzt wieder als lockerer Bogen zwischen der Trense und der Hand des Herrn. Wenn Minetta hin und wieder wie besessen mit dem Schweif schlägt, tätschelt Bustianu ihr beruhigend die Hinterhand, damit sie weiß, dass er hinter ihr ist.

So geht es eine gute Stunde lang, immer leicht bergauf. Bis zum Ausgang.

Sie kommen auf eine Heide, wo es nach dorniger Wolfsmilch und Thymian duftet. Unsicher, wie jemand, der nicht weiß, wo er sich befindet, sehen sie sich um.

Eher mit den Nüstern als mit den Augen nehmen die Pferde wahr, dass sich vor ihnen ein freier Raum aufgetan hat.

Ein paar Sekunden atmen sie aus voller Brust, dann machen Bustianu und Zenobi sich daran, die Umgebung zu erforschen. Rund um die kahle Felsmulde verwehren dichte Flaumeichen die Sicht auf den Boden. Hie und da ist die Erde von Wildschweinen zerwühlt. Aus einer kleinen Höhle unter einer überhängenden Felswand wehen Duftwolken herüber, es riecht nach Lavendel. Doch sonst nichts, rein gar nichts: hinter ihnen die Felsmasse, die sie ausgespuckt hat; vor ihnen, in einem Umkreis von sechzig bis hundert Metern, nichts …

»Hier sollen wir die Nacht verbringen. Damit habe ich gerechnet«, sagt Zenobi.

»Damit hast du gerechnet?«, wiederholt Bustianu verblüfft.

»Ja, ich habe Proviant, eine Grubenlampe und Decken mitgebracht.«

»Hier sollen wir übernachten?«, fragt Bustianu ungläubig. Erst jetzt fällt ihm auf, dass sie schon sechs Stunden unterwegs sind und es bald dunkel wird.

Tatsächlich, hinter den Flaumeichen ist der farblose, fast weiße Himmel dieses sonnenlosen Nachmittags schon im Begriff, sich von den Rändern her langsam dunkelblau zu färben, wie ein Blatt Löschpapier, das sich mit Tinte voll saugt.

Statt einer Antwort geht Zenobi ein paar Schritte vor, wirft einen Blick in die Runde, um festzustellen, wie man die letzte Viertelstunde Tageslicht am besten nutzen kann. Sie müssen sich sputen: den Boden in der kleinen Grotte, wo sie die Nacht verbringen werden, von Löwenzahn und Lavendel befreien, einen Weideplatz für die Pferde suchen, Feuerholz sammeln.

Bustianu ist keine große Hilfe. Er will sich nützlich machen, aber sein Widerwille ist so groß, dass er nichts zustande bringt. Schließlich beschränkt er sich darauf, hinter Zenobi herzugehen, der Pflanzen ausreißt, die Pferde absattelt, das Schlaflager herrichtet, trockenes Reisig sammelt.

Dann bricht die Dunkelheit herein. Rasch und übermächtig vertreibt sie das letzte Abendglimmen und nistet sich in der Leere ein. Eine überhebliche Dunkelheit, ohne Mond, einzig und allein darauf bedacht, Menschen und Dinge mit einer dicken Farbschicht zu übertünchen und dem Vergessen anheim zu geben. Alles Grüne wird bedrohlich grau, alles Graue zum Nichts, die Erde nimmt die Konsistenz der Finsternis an.

Im Schein der Grubenlampe, die Zenobi mitgebracht hat, sieht Bustianu aus, als hätte man ihn mit einer Sense in zwei Hälften gespalten: die gelbe Haut einer Gesichtshälfte, das tiefe, durchscheinende Schwarz einer Barthälfte, das weiche Braun einer Jackenhälfte. Im Ge-

gensatz dazu wirkt der Lichtschein bei Zenobi wie eine Liebkosung: Er wendet sich der Flamme zu, und diese scheint sich zu revanchieren, indem sie seine blauen Augen zum Strahlen bringt und seine blonden Haare aufleuchten lässt.

Die Schlafplätze sind bereit, im spitzen Winkel angeordnet und mit dem Kopfende zur Höhlenmitte. In geringer Entfernung, einen Meter von den Füßen entfernt, macht Zenobi ein Feuer. Mit der Wange am Boden bläst er ein paar Mal in das Reisighäufchen hinein, und schon züngelt daraus ein Flämmchen hervor, in schönem Krokusgelb, Rot und Blau.

»Die kann man jetzt ausmachen«, sagt Zenobi und dreht die Grubenlampe ab.

Der Feuerschein wirft Bustianus gebeugten Schatten auf die Felswand. Da sitzt er nun, auf der bloßen Erde, mit der Aussicht auf den Sattel als Kopfkissen und die Sterne als Decke, falls sie überhaupt hervorkommen.

Bustianu spürt, wie seine Verstimmung wächst, wie sie langsam von den Fingerspitzen her in ihm aufsteigt. Aber er will nicht darüber nachdenken, schon gar nicht über die Frage, warum er sich hat ködern lassen. Es gab Zeiten, da hätte er einiges dafür gegeben, so etwas zu erleben, eine Nacht zwischen Himmel und Erde, eine Nacht voller Düfte. Aber das ist vorbei, vielleicht ist es der Gedanke an Clorinda und an ihr allabendliches heimliches Treffen; vielleicht liegt es aber auch nur daran, dass dieses Warten so gar nichts Friedliches hat; oder es liegt an den Sternen, die nicht scheinen, oder am Mond, der strenge Trauer trägt.

»Neumond«, verkündet Zenobi, als könnte er Gedanken lesen. Aus der Satteltasche hat er eine hufeisenförmige Salami hervorgeholt, Brot und Oliven, eine Flasche Rotwein. Jetzt schneidet er mit dem Messer dicke Scheiben Fleisch und Speck ab und benutzt einen glatt geschliffenen Stein als Brett.

»Vielleicht war es falsch, sich auf dieses Treffen einzulassen«, sagt Bustianu unvermittelt. Sein erster Satz, seit sie hier angekommen sind.

Zenobi reicht ihm ein Stück Brot mit Salami. »Mit Verlaub. Ich habe Euch doch gleich gesagt, dass das hier kein Spaziergang wird. Diese Leute sind misstrauisch, Avvocato.«

Bustianu schluckt den Bissen hinunter, bevor er antwortet. »Diese Leute sind Verbrecher!«, erklärt er, jedoch ohne besonderen Nachdruck.

Zenobi kaut gierig. »Was soll's …« Er zuckt die Achseln. »Jetzt, wo wir einmal hier sind, hat es auch keinen Sinn mehr, sich solche Fragen zu stellen.«

Ein leichter Ostwind hat sich erhoben und den Himmel im Handumdrehen blank gefegt wie eine tüchtige Hausfrau. Kaum haben sie ein paar Oliven verzehrt und einen Schluck Wein getrunken, da sind die Spinnweben am Himmel mit einem Mal wie weggeblasen. Allmählich verwandelt sich das stumpfe Blau in glänzendes Email, und die Sterne funkeln wie Edelsteine auf schwarzem Samt.

Zenobi und Bustianu legen den Kopf in den Nacken und lächeln.

»Kümmerst du dich ums Feuer?«, fragt Bustianu, ohne den Kopf zu senken. Unvermittelt ist er in Panik geraten, eine subtile, verräterische Panik.

Zenobi sieht ihn an. Er nickt. »Ihr braucht Euch keine Sorgen zu machen«, versichert er. »Ich weiß, wie das läuft, für uns besteht keine Gefahr. Sie bewachen uns, sie lassen nicht zu, dass uns etwas passiert. Morgen früh sehen wir dann weiter …«, beendet er gähnend den Satz. Dann schiebt er die Glut mit einem Wacholderast auseinander, kreuzt die Hände über der Brust und rollt sich auf die Seite.

»Diesen Mariani, den kennst du doch, nicht wahr?«, fragt Bustianu, während er den Nacken in die Sattelmulde legt.

»Ich bin ihm schon mal begegnet.« Zenobis Stimme klingt schläfrig. »Er ist ein Tier, aber bei weitem nicht so schlimm wie Moni Goddi aus seinem Dorf, der ist noch viel schlimmer als ein Tier.«

»Die beiden können sich nicht leiden ...«

»Nicht leiden? Die können sich nicht riechen. Sie streiten sich um ein Stück Land in Orune. Moni Goddi hat versucht, ihn umzubringen, aber Mariani ist nicht dumm, der ist mit allen Wassern gewaschen. Mit dem Gewehr zerfetzt der sogar einem Spatz das Arschloch ... Entschuldigt ...« Vor lauter Müdigkeit ist ihm das herausgerutscht.

Bustianu grinst. »Schießt er denn besser als du?«, fragt er.

Zenobi rollt sich noch mehr zusammen und zieht die Beine an die Brust. »Nein ...«, murmelt er nur noch. »Nicht besser als ich ...« In der besternten Stille hört man seinen regelmäßigen Atem, er ist eingeschlafen.

Doch wenn man genau hinhört, ist auch diese Stille nicht vollkommen: der Wind in den Blättern, das Schnaufen einer Bache, die ihre Frischlinge um sich schart, das Flattern einer Schleiereule, die einen fetten Wurm aufpickt, das epileptische Zirpen der Grillen, das ferne Quaken der Frösche.

Dieser eingehegte Garten ist wie ein Klangkörper, der jeden Laut verstärkt.

Frösche, denkt Bustianu. Wo Frösche sind, ist auch Wasser. Er hat einen solchen Durst, dass er nicht schlafen kann. Das durchscheinende Dunkelblau des Himmels hat sich auf die Erde ergossen. Sie sieht aus wie ein großer Tintenfleck, selbst der hinter ihnen aufragende Granit ist wie in Blau getaucht. Wasser, denkt Bustianu und reckt sich nach der Weinflasche, die Zenobi zwischen Sattel und Felswand abgestellt hat. Wasser oder Wein, egal, Hauptsache, was zu trinken. Langsam, Millimeter um Millimeter, streckt Bustianu die Hand aus, über den Kopf des schlafenden Zenobi hinweg.

Es ging blitzschnell: Er weiß nicht, welche Kraft ihn am Handgelenk gepackt und auf den Rücken geworfen hat. Jetzt ruht Zenobis fiebriger Blick auf seinem Gesicht, mit keuchender Brust liegt er auf seinem Bauch. Eine Messerklinge streift seinen Adamsapfel. Eine Sekunde nur, solange bis Zenobi begreift, dann lässt seine Hand das Messer fahren, als hätte er sich verbrannt. »Wie könnt Ihr so etwas tun?«, brüllt er und schnellt zurück. »So etwas tut man nicht!« Er stöhnt auf und presst den Kopf zwischen die Hände. Seine Schultern bilden einen zuckenden Schatten vor dem glimmenden Feuer.

»Ich wollte bloß etwas trinken«, sagt Bustianu, aber eher kleinlaut als rechtfertigend.

Zenobi antwortet nicht, sein Herz pocht so stark, dass der Brustkorb zittert, sein Atem rast und scheint sich nicht beruhigen zu können. »Ich hätte Euch umbringen können«, sagt er zu dem Steinkreis der Feuerstelle gewandt. Dann kramt er in der Satteltasche. »Ich habe auch Wasser mitgebracht.« Er reicht es Bustianu, ohne sich umzudrehen.

Bustianu trinkt. »Das hättest du nicht getan«, sagt er und wischt sich mit der Hand den Mund ab.

Mit Schlafen ist es jetzt vorbei. Zenobi ist hellwach und starrt mit weit aufgerissenen Augen in die Nacht.

»Meinst du, sie holen uns ab?«, fragt Bustianu, während er zu einem weiteren Schluck ansetzt.

Zenobi hat sich wieder gefasst und dreht sich zu ihm um. »Keine Ahnung. Vielleicht holen sie uns ab, vielleicht geben sie uns irgendwie zu verstehen, in welcher Richtung es weitergeht. Aber jetzt sollten wir besser schlafen«, sagt er, kreuzt die Arme über der Brust und nimmt wieder seine Schlafstellung ein.

Auch Bustianu legt sich wieder hin. Die Sterne bilden jetzt einen dichten, flimmernden Schwarm.

Doch mit Schlafen ist es jetzt vorbei. Schweigend liegen die beiden da und grübeln. »Manchmal weiß ich selbst nicht, was mit mir los ist, das Kind, Avvocato, es muss an dem Kind liegen ...«, platzt Zenobi plötzlich heraus, offenbar ist er mit seinen Gedanken ganz woanders.

Bustianu lächelt im Dunkeln.

»Ich habe nie Angst gehabt, wisst Ihr, aber jetzt ... das muss an dem Kind liegen ...«

»Wie meinst du das?«, fragt Bustianu schließlich.

»Ich meine, man wird verwundbar«, sagt Zenobi.

»Verwundbar?«

»Hm«, bekräftigt Zenobi, »wenn ein Kind ins Spiel kommt, ist man plötzlich verwundbar ... Vielleicht ist das beim ersten immer so ...«

»Vielleicht wird man dann erst ein richtiger Mensch.« Das ist eher ein Gedanke als eine Antwort.

»Bevor mein Sohn geboren wurde, habe ich die Dinge anders gesehen, aber jetzt, gerade eben hätte ich Euch beinah umgebracht ...«

»Das war meine Schuld, ich habe dich erschreckt ...«

»Genau: Ich bin erschrocken, aber nicht, weil ich um mich Angst hatte ... Wenn ich jetzt Angst habe, dann nicht um mich: Das ist mir vorher nie passiert, obwohl ich schon ein paar schreckliche Dinge erlebt habe ...«

»Aber auch ein paar schöne.«

»Mit Euch kann man einfach nicht reden, weil Ihr immer Recht habt ... Jedenfalls, wenn sie uns abholen, dann lasst mich reden.«

Bustianu schaut noch einmal zum Himmel hinauf. »Vielleicht sollten wir wirklich versuchen zu schlafen«, sagt er.

Zenobi nickt, als könnte Bustianu ihn sehen.

Sie schweigen.

Die Nacht hat sich auf der Erde zusammengerollt wie eine alte schwarze Katze mit zuckendem Maul, die Schnurrhaare wachsam aufgestellt, die gelben Augen halb geschlossen ... Die Nacht hat sich auf die Erde gestürzt wie eine Witwe, die sich ihrer Trauer hingibt.

Als er im schwachen Widerschein der Glut Clorinda in die Höhle treten sieht, weiß Bustianu, dass er träumt.

Noch immer dieses Ungewisse. Jetzt ist die Nacht eine alte graue Katze, die den Morgen in ihren Krallen hält wie eine weiße Maus. Die Witwe hat ihre Trauer abgelegt und lächelt einem neuen Verehrer zu.

Kurz bevor Zenobi ihn berührt, um ihn zu wecken, schlägt Bustianu die Augen auf. Tag und Nacht sind gerade dabei, die letzten Absprachen zu treffen, und verbreiten ein fahles Licht. Nur wenige Sterne und ein Himmel, der langsam das unschuldige Blau einer Pfarrkirche annimmt. Die Feuerstelle ist nur noch ein Häufchen schwarz glänzender Asche. Der Sattel verströmt noch die Wärme des Schlafs und einen Geruch nach Tier. Zenobi gibt sich Mühe, eine aufmunternde Miene zu machen. »Sie sind da«, sagt er ...

Tatsächlich, zwei Männer mit geschultertem Gewehr, deren dunkle Schatten sich von der Morgendämmerung abheben. Der kleinere hat eine rote Mähne und sieht aus wie der Teufel persönlich. Der andere ist ausgemergelt wie ein Christus aus Wurzelholz.

»Sie sind da«, sagt Zenobi noch einmal.

Bustianu nickt. Er hat sie gesehen, aber einen Augenblick braucht er noch, nach dem Aufwachen sofort aufzustehen ist ihm schon immer schwer gefallen.

Der mit den roten Haaren kichert. »Gut geschlafen, Avvocato?«, erkundigt er sich hämisch.

»Seht Ihr, bei uns bekommt Ihr sogar gute Luft«, sekundiert der andere.

»Wie spät ist es?«, fragt Bustianu Zenobi und ignoriert die beiden.

»Ungefähr fünf«, antwortet er. »Wir müssen aufbrechen.«

Kaum hat Bustianu sich aufgesetzt, da greift Zenobi schon nach dem Sattel und trägt ihn zu Minetta. Sein Schwarzer ist bereits gesattelt.

»Wie lange soll diese Pantomime noch dauern?«, fragt Bustianu, als er mit den beiden allein ist. Das Wort *Pantomime* hat er ganz bewusst gewählt, um die beiden in Verlegenheit zu bringen, sie mit seinen Waffen zu schlagen und dadurch den Nachteil, in den er durch seine Lage geraten ist, auszugleichen.

Fragend sieht der Rotschopf seinen dünnen Kumpel an, ihm entschlüpft sogar ein verlegenes Lachen. Aber der andere scheint unbeeindruckt. »So lange, wie's eben dauert, Avvocato. Wenn Sie jetzt so weit wären ... Es wird immer später, und wir haben noch ein gutes Stück vor uns.« Sein Ton lässt keinerlei Aufregung erkennen. Am Kinn hat er eine Narbe, die als kahle, hellrosa Naht von den dichten Bartstoppeln absticht.

Als alle schon im Sattel sitzen, führt der Rotschopf sein Pferd neben Bustianu. »Ihr müsst die Mütze abnehmen, Avvocato«, sagt er bestimmt, jedoch ohne Befehlston,

»und das hier aufsetzen.« Er reicht ihm einen kleinen Jutesack. Bustianu gehorcht, als er sieht, dass auch Zenobi dieses Schicksal nicht erspart bleibt. »Reine Vorsichtsmaßnahme, Avvocato …«, kommentiert der Rotschopf, während er das Band zuzieht, um den Sack zu schließen. »Geht es so, ist es auch nicht zu unbequem?«, fragt er noch. Er hat jetzt einen übertrieben verständnisvollen, beinah spöttischen Ton angeschlagen.

»Es geht schon«, antwortet Bustianu, wobei ihm der Widerhall seiner Stimme ins Gesicht schlägt.

Sie galoppieren los. Ab und zu werden sie durch einen Griff in den Nacken nach vorne gedrückt, um einem tief hängenden Ast auszuweichen.

Auch das Tageslicht hält mit den Pferden Schritt, die die kühle Luft genießen.

»Zenobi?«, flüstert Bustianu durch die Zähne.

»Ja, hier bin ich, ich bin da«, versichert Zenobi, während er versucht, durch den Sack die Gegend zu erkennen.

»Wir sind alle da. Was habt Ihr denn, Avvocato, sorgt Ihr Euch etwa?« Der Bursche mit der Narbe am Kinn macht sich über ihn lustig.

Auch der andere, der mit den roten Haaren, lacht. »Wenn es einen Grund zur Sorge gäbe, dann hättet Ihr jetzt schon ausgesorgt, Avvocato!«, ruft er.

Wieder lachen sie.

Das grobe Sackleinen vor dem Gesicht behindert nicht bloß die Sicht, es dämpft auch die Geräusche der freien Natur, die sie durchqueren.

Bustianu lauscht auf die fieberhafte Stille des erwachenden Tages. Über ihm kämpfen Spatzen und Hühnerhabichte ums Überleben, unter ihm werfen Minettas Hufe fette Erde auf und stampfen über trockenes Laub: weiche Schläge und Rascheln. Bald schaben die Hufe über felsigen Untergrund, bald hört man das Plätschern eines Baches.

Schließlich Stimmen.

Irgendjemand hat Minetta am Halfter gepackt und zum Stehen gebracht. Irgendjemand hat Bustianu den Sack vom Gesicht gezogen. Endlich wieder ungehindert atmen, vorbei die stickige Hitze in dem Sack, die frische Luft klatscht ihm ins Gesicht wie ein Eimer kaltes Wasser. Noch ist es nicht richtig hell, allzu lange sind sie also nicht geritten. Das Licht ist noch etwas unsicher; ein phosphoreszierender Strahl fällt auf die gezackte Spitze einer Felswand und umgibt sie mit einer Aureole.

Unter ihnen liegt ein offenes, mit dunklem Moos bedecktes Gelände, ein weites, von allen vier Seiten geschütztes Tal, in dem ein Feldlager aufgeschlagen ist. Die Felswand im Norden gleicht einer Welle, die versteinert ist, kurz bevor sie sich über das dichte Steineichenwäldchen ergießen konnte, das die Südseite abschirmt. Im Westen sind die Felshänge weicher und runder, Wacholder- und Holundersträucher klammern sich an den Granit und verbreiten eine Illusion von Lieblichkeit. Von Osten führt eine holprige Trift ins Tal, die leicht einzusehen ist. Weiter hinten, auf einer grasbewachsenen Fläche, die wie ein von fachkundigen Gärtnern angelegter Rasen wirkt, stehen eine jahrhundertealte Steineiche, ein paar Eiben, eine üppige Trauerweide und, falls einer noch daran gezweifelt hätte, dass dort reichlich Wasser fließt, eine Gruppe von Eukalyptusbäumen. Als Unterkunft für die Männer dienen weitläufige, gut ausgestattete Höhlen, es gibt Gehege, die mit Trockenmauern eingezäunt sind, und Schäferhütten. Und es gibt ein Zelt, ein menschliches Produkt, das bis auf die grüne Farbe wie ein Fremdkörper in der Landschaft wirkt. Ein geräumiges Zelt, wie es bei einer Schlacht auf offenem Feld als Hauptquartier dient. Mitten auf der Wiese eine Feuerstelle, von runden Steinen eingefasst. Von oben sieht sie aus wie ein großes Becken voller Rubine.

Um ins Lager zu gelangen, muss man noch etwa hundert Meter hinabsteigen.

Zum Empfang der Gäste sind drei junge Männer gekommen, unausgeschlafen, abgerissen, verschwitzt und rußverschmiert. Sie sind freundlich – hier in dieser moosbewachsenen Mulde mit Eukalyptusbäumen und Weiden können sie es sich leisten, den misstrauischen Blick abzulegen. Hier sind sie die Herren, einige von ihnen haben sogar das Gewehr am Feuer stehen lassen.

Die drei vom Empfangskomitee sind Bustianu bestens bekannt, einen hat er sogar schon vor Gericht verteidigt. Da ist einmal Giovanni Serrittu, der hat zweimal lebenslänglich auf dem Buckel, wegen Mord und Nötigung. Dann der Alte, Raffaele Gusai, dreißig Jahre wegen Mord. Und schließlich der, den er selbst schon verteidigt hat: Antonio Farina, der seit einer Schießerei vor knapp zwei Monaten als tot gilt.

Der Älteste der drei hilft Zenobi aus dem Sattel, begrüßt ihn mit gutmütigen, wohlwollenden Flüchen und umarmt ihn. »Komm und stärk dich«, fordert er ihn auf. Dann dreht er sich zu Bustianu um, der immer noch im Sattel sitzt. »Nur zu, Avvocato, Ihr seid doch sicher müde.«

Während er absitzt, überschlägt Bustianu rasch, wie viele es sind: ungefähr zwanzig. Die beiden, die sie hergebracht haben, und die drei vom Empfangskomitee, das macht fünf. Sechs oder sieben machen sich am Feuer zu schaffen. Sie wärmen Milch und rösten Speck. Unter der kleinen Weide liegen noch zwei und dösen. Das macht dreizehn, höchstens vierzehn. Dann noch Dionigi Mariani, der ist wahrscheinlich in dem grünen Militärzelt, das zwischen der Mündung des Baches und der großen Weide aufgeschlagen ist. Rechnet man noch vier oder fünf hinzu, die sicherlich in den angrenzenden Schluchten Wache halten, kommt man auf neunzehn bis zwanzig, höchstens einundzwanzig.

Inzwischen ist Zenobi neben Bustianu getreten und sieht ihn aufmunternd an, als wollte er sagen, alles in Ordnung, es gibt keine Probleme.

Als sie sich auf den Weg zur Feuerstelle machen wollen, kommt Antonio Farina auf sie zu. »Avvocato, erkennt Ihr mich denn nicht? Ich bin's, Farina. Antonio Farina. Erinnert Ihr Euch nicht, Ihr habt mich doch verteidigt, vor zwei Jahren …«

Bustianu tut, als erinnerte er sich nicht. »Farina, Farina …«, murmelt er vor sich hin, als müsste er in seinem Gedächtnis kramen. »Fünfzehn Jahre wegen Mord?«, sagt er schließlich.

Mit Befriedigung sieht der Mann ihn an. »Ja, Avvocato, genau der, und wenn Ihr nicht gewesen wärt, dann hätten sie mir noch viel mehr aufgebrummt!« Dann dreht er sich zu seinem Kumpan um. »Kennst du ihn?«

Serrittu antwortet mit einem leichten Kopfnicken. »Freut mich …«, sagt er und reicht Bustianu die Hand.

Bustianu streift den Handschuh ab, bevor er einschlägt. »Freut mich …«, erwidert er und schüttelt die raue Hand. Dann wendet er sich an Farina: »Man erzählt sich, du wärst in Campeda umgekommen … Und mit diesem Bart, da habe ich dich nicht wiedererkannt.«

Farina bricht in wieherndes Gelächter aus. »Das ist auch besser, Avvocato, wenn sie mich für tot halten …«

»Unkraut vergeht nicht, Avvocato!«, mischt sich Raffaele Gusai ein.

Lachend klopfen sie sich gegenseitig auf die Schulter.

Um das Feuer zieht sich ein kahler Kreis von mindestens zehn Schritten Durchmesser. Ein junger Mann bietet ihnen heiße, fette Milch oder einen Schluck Rotwein an … Oder Kaffee, schwarz und dick wie Pech.

»Kaffee«, sagt Bustianu.

Der junge Mann ist glatt rasiert, Gesicht und Hals sind sonnenverbrannt, dunkel wie eine Aubergine. Aus dem offenen Hemd, das von Rauch und Ruß grau geworden ist, ragen die Schlüsselbeinknochen hervor. Während er aus einer Aluminiumkanne, die ihre besten Tage hinter sich hat, Kaffee eingießt, hat Bustianu Gelegenheit, seine knorrigen Unterarme und Handgelenke zu studieren – nur Haut und Knochen und raue rissige Hände wie die Klauen eines Falken. »Zu welcher Familie gehörst du?«, fragt Bustianu, als der Mann ihm ein Glas mit schwarzer Flüssigkeit reicht.

Er antwortet mit einem zahnlosen Lächeln, ein Lächeln, das nichts Menschliches hat.

»Zu keiner«, erklärt Serrittu, der hinter Bustianu steht. »Er ist stumm.« Dabei macht er eine Geste, als würde er sich die Zunge abschneiden; dann nimmt er sich ein Stück Fleisch vom Spieß.

Der junge Mann nickt zustimmend, und als er Bustianu eine Schüssel mit Honig hinhält, damit dieser seinen Kaffee süßen kann, öffnet er, wie zur Bestätigung von Serrittus Worten, den Mund und zeigt einen Zungenstummel, der aussieht wie eine reife Erdbeere.

»Setzt Euch doch«, schlägt Zenobi vor, der auf der anderen Seite der Feuerstelle steht. Doch Bustianu will sich nicht setzen. Fasziniert beobachtet er die Leute, die mit dampfenden Wasserkesseln geschäftig in dem grünen Zelt, das offenbar dem Anführer gehört, ein und aus gehen.

»Viel los diese Woche«, erklärt Serrittu kauend. »Wir

hatten Besuch: Fremde ... dabei war auch eine englische Dame, die gar nicht mehr wegwollte, nachdem sie die hiesigen Köstlichkeiten gekostet hatte.« Er lacht herzhaft. Bustianu lacht nicht. »Ihr müsst etwas essen, Avvocato«, sagt Serrittu und wird wieder ernst. Er gibt ihm ein Messer, damit er sich von dem gebratenen Fleisch abschneidet.

Bustianu schüttelt den Kopf: Bei dem Geruch nach Fett, das auf die Scheite herabtropft, wird ihm leicht übel. »Besuch?«, fragt er wie in Gedanken. Dabei ist ihm entgangen, dass hinter ihm Bewegung entstanden ist.

»Sogar Touristen habt ihr hier ...«, stellt er fest.

Aber Serrittu hört ihm gar nicht mehr zu, abrupt hat er sich zu der fein gemaserten Felswand umgedreht, weil dort ein Streit entbrannt ist. Ohne zu zögern geht er auf die Stelle zu, von der die Schreie kommen und wo jetzt mehrere Männer zusammenlaufen. Drohend brüllt der Rotschopf einen anderen an. Zenobi ist aufgesprungen, auch der stumme Junge hat den Fleischspieß seinem Höllenschicksal überlassen, um zu den anderen zu laufen. Selbst oben auf der Klippe sind zwei Männer in Tracht erschienen, um sich das Spektakel nicht entgehen zu lassen. Zuerst versteht Bustianu nicht, was los ist, aber dann bemerkt er, dass alle zu einem schattigen Plätzchen in der Nähe des Zeltes sehen. Der Rotschopf hat sein Messer gezogen und sich auf Armeslänge vor einem vierschrötigen, borstigen Kerl aufgebaut, der es ihm nachtut. Der Rotschopf brüllt wie besessen, der andere sieht ihn hämisch grinsend an.

»Lass meine Mutter aus dem Spiel!«, brüllt der Rotschopf, hüpft dabei im Kreis herum wie eine Marionette und fuchtelt mit dem Messer.

»Komm doch, wenn du dich traust ...«, ruft der andere herausfordernd. »Mit dem ist nicht zu reden«, sagt er zu den anderen, die zuschauen.

Die beiden bleiben auf Distanz. Wenn einer sich vorwagt, weicht der andere zurück. Sie tänzeln umeinander wie zwei Kampfhähne, die die Federn spreizen.

»Lass meine Mutter aus dem Spiel …«, schreit der Rotschopf immer wieder.

Der andere fordert ihn heraus, komm doch, wenn du den Mut dazu hast. Der Rotschopf droht, er werde ihm den Bauch aufschlitzen wie einem Schwein und ihn mit seinen eigenen Därmen erwürgen. So geht es eine ganze Weile, Drohungen und Ausfallschritte, eine Art Ritual, das zu nichts führt.

Der Große mit der Narbe am Kinn hat sich nach vorne gedrängt. Serrittu, der vor Bustianu steht und ihm den Rücken zukehrt, fordert die beiden auf, endlich ernst zu machen. Der Junge mit dem Kaffee stößt eine Art gurgelndes Lachen hervor. Die Männer oben auf der Klippe feuern die beiden an. Zenobi hält sich fern und fordert Bustianu auf, das Gleiche zu tun, offenbar fürchtet er, Bustianu könne sich einmischen. Mit dem Kopf bedeutet er ihm, zu ihm zu kommen.

Das Geschrei hat die Männer aufgeputscht. Jetzt geht der Rotschopf auf Tuchfühlung zu seinem Gegner, scheut nicht das Risiko, denn nun ist er in Reichweite der Klinge. Und der andere versucht tatsächlich zuzustechen.

Raffaele Gusai kommt aus dem Zelt gestürzt. »He, he!«, brüllt er und versucht, sich Gehör zu verschaffen. Aber niemand beachtet ihn.

Die beiden Männer unter der kleinen Weide richten sich einen Augenblick auf, legen sich aber gleich wieder hin.

Der Rotschopf ist puterrot im Gesicht. »Dreckskerl«, murmelt er wie ein Mantra, um sich Mut zu machen. Dann macht er einen Satz nach vorne und lässt langsam das Messer kreisen. Der andere weicht mit dem Oberkörper aus und versetzt ihm einen Tritt an die Brust. Jetzt stehen sie sich genau gegenüber – nur ein kleiner Abstand liegt noch zwischen ihnen – und tänzeln weiter.

Raffaele Gusai drängt sich durch die Reihe der Männer und verschwindet im Zeltinneren.

Serrittu fuchtelt mit der Hand, als würde er mitkämpfen: »Los, Rotschopf, nun mach ihm schon ein Knopfloch!«, brüllt er unter dem Gelächter der anderen. Dann dreht er sich zu Bustianu um, als wollte er sagen: Kinderkram. »Wenn er wollte, hätte der Rotschopf schon hundertmal getroffen«, stellt er klar.

Offenbar ist der Rotschopf durch die Anfeuerungen übermütig geworden: Er springt nach vorne, doch geistesgegenwärtig bückt sich der andere, um auszuweichen. Der Rotschopf brüllt wie ein Tier und packt den Gegner, aber das Messer fällt ihm aus der Hand.

Der Kreis um die beiden wird immer enger, die Kämpfenden haben kaum noch Platz. Anfeuernde Rufe und Gelächter werden immer lauter. Bustianu geht auf die Gruppe zu, Zenobi umrundet die Feuerstelle und schließt sich ihm an. Wieder ermahnt er Bustianu, nicht zu nah heranzugehen. Inzwischen kann man nichts mehr sehen, nur noch einzelne Körperteile zwischen den Beinen der Zuschauer.

Ab und zu weichen die Männer ein Stück zurück, um den Kreis zu vergrößern, zwischen ihren Schultern erkennt Bustianu die Mähne von Rotschopf, der sich zwar wieder hochgerappelt hat, aber immer noch ohne Messer dasteht und sich nun verteidigen muss, weil der andere im Vorteil ist und wesentlich angriffslustiger auftritt.

Ein Knall macht dem Durcheinander ein Ende. Dionigi Mariani hat in die Luft geschossen. In der linken Hand hält er das Gewehr, mit der rechten die Zipfel eines weißen Tuchs, das er um die Hüfte geschlungen hat, sonst ist er nackt. Unterkiefer und Kinn sind mit Schaum bedeckt, er ist zur Hälfte rasiert. Hinter ihm wartet Antonio Farina mit einem Rasierpinsel in der Hand, neben ihm steht Raffaele Gusai bereit, um ihm das noch rauchende Gewehr abzunehmen.

»Nun?«, fragt Mariani, als es still geworden ist. »Sind wir jetzt fertig? Ein netter Eindruck, den unsere Gäste da von uns bekommen.« Seine Stimme hört sich sonderbar an, als wäre er im Stimmbruch, krächzend und tief zugleich. Das Gleiche gilt für seinen Körper: kräftig und zerbrechlich zugleich. Seine Unterarme und die Partie vom Hals bis zum Brustbein sind viel dunkler als der restliche Oberkörper, der blendend weiß schimmert. Die Haare hängen ihm in dünnen feuchten Locken in die Stirn. Wie ein Schatten folgen die Wimpern dem mandelförmigen Schnitt der pechschwarzen, glitzernden Augen. Die Brauen enden spitz an den Schläfen. Die Nase ist fast zu schmal, die Lippen sind voll.

Als er sich zu Bustianu umdreht, setzt er ein respektvolles Lächeln auf. »Nicht die beste Art, sich vorzustellen«, sagt er und meint damit seinen Aufzug. Die Menschenmenge löst sich auf. Die beiden Wachen oben auf dem Berg sind verschwunden. Serrittu ist mit gesenktem Kopf ans Feuer zurückgekehrt. Der Junge mit dem Kaffee geht zu der kleinen Weide. »Ich hatte nicht die Absicht, Euch warten zu lassen, ich wollte Euch nur wie ein zivilisierter Mensch gegenübertreten«, sagt Dionigi Mariani, wobei er das Wort *zivilisiert* in Richtung Rotschopf betont, der wie ein Blasebalg schnauft.

Dann dreht er sich um, flüstert Raffaele Gusai, der ihm die Plane aufhält, etwas ins Ohr und verschwindet im Zelt. Antonio Farina folgt mit dem Rasierpinsel in der Hand.

Ein paar Minuten hat es den Anschein, als würde alles seinen normalen Gang gehen. Schweigend machen sich alle wieder an ihre Arbeit. Auch Rotschopf kehrt zur Feuerstelle zurück, jedoch nicht ohne seinem Rivalen einen viel sagenden Seitenblick zuzuwerfen. Der Mann mit der Narbe am Kinn zuckt die Achseln und verschwindet hinter einer Hecke.

Bustianu sieht zu Zenobi hinüber, der auf den Zelteingang deutet, wo Raffaele Gusai ihn heranwinkt.

Im Zelt dampft es wie in einer Waschküche. Aus einem Zuber steigen duftende Dämpfe auf. Der Boden ist mit grauen Militärdecken ausgelegt. Hinten in der Apsis steht ein perfekt gemachtes Feldbett, an der rechten Seite eine Kredenz, die mit Gläsern voll gestellt ist. Zwei Stühle mit Ledersitz, ein Gestell für acht Gewehre. Daneben liegen jede Menge Patronenschachteln. Auf der linken Seite ein Toilettentisch mit einem kleinen schmiedeeisernen Spiegel und einer Marmorplatte, auf der Rasiermesser, Alaunstift, Rasierpinsel und Rasierschüssel stehen. Ferner die Wanne. In der Zeltmitte Dionigi Mariani, nur mit einer Reithose bekleidet, deren Beine an der Innenseite mit Leder verstärkt sind und knapp über das Knie reichen. Er sitzt zurückgelehnt auf einem Barbierstuhl, das Gesicht mit einem dampfenden Tuch bedeckt. Antonio Farina sorgt dafür, dass der Lappen fest anliegt wie ein Schweißtuch.

»Ihr müsst entschuldigen«, sagt Mariani unter dem dampfenden Tuch, als er spürt, dass Bustianu vor ihm steht. »Ich hatte mir unsere Begegnung auch anders vorgestellt, aber wir sind ja unter Männern, da nehmen wir es hoffentlich nicht so genau.«

»Bloß keine Förmlichkeiten, ich bitte Sie«, stimmt Bustianu zu.

»Habt Ihr etwas zu essen bekommen? Kann ich Euch etwas anbieten?«, fragt Mariani wie ein perfekter Gastgeber. Er rollt das R im Hals.

»Alles bestens«, versichert Bustianu und fährt mit der Zunge über den Gaumen, um den bitteren Geschmack des Kaffees zu vertreiben.

Hier im Zelt schimmert die rosige Haut von Dionigi Mariani fast grünlich, aus der Nähe betrachtet wirkt er viel jünger, jünger als dreißig, trotz der kräftigen, wie gemeißelt aussehenden Muskulatur am Bauch und an den flaumbedeckten Waden, die sich an den unglaublich schmalen Knöcheln zu elastischen Sehnen verjüngen.

Fast wie eine Leiche sieht er aus, dieser grünlich schimmernde, gotische Körper mit dem verhüllten Antlitz.

Totenstille. Totenstille, bis Antonio Farina schließlich das Tuch abnimmt. Erst dann bemerkt Dionigi Mariani, dass Bustianu immer noch vor ihm steht.

»Verdammter Tölpel«, brüllt er Raffaele Gusai an, der sich die ganze Zeit am Eingang herumgedrückt hat. »Bist du angewachsen? Bring dem Avvocato einen Stuhl. Das ist doch unglaublich!« Schnell wie ein Pfeil eilt Gusai herbei und stellt einen der Lederstühle hinter Bustianu. »Nicht einmal einen Platz bietet man Euch an!« Mit seinem durchscheinenden Gesicht sieht Dionigi Mariani aus wie ein jugendlicher Bräutigam. Durch die Rasur ist der dunkle Bartschatten verschwunden, sein Blick scheint um Jahre jünger, sein Ausdruck naiv und zugleich entschlossen. Eine Art Zahmheit ohne Gewähr. Bustianu hat schon viele dieser jungen Männer verteidigt, die auf der Anklagebank mit einem Gesicht erscheinen, aus dem jede Hässlichkeit getilgt ist, so als hätte der Rasierer nicht bloß die Wangen gereinigt, sondern auch das Gewissen. Aber Bustianu hat gelernt, ihnen nicht zu trauen, denn er hat schon erlebt, dass die Geschworenen selbst bei mehrfachen Mördern Zugeständnisse machten, bloß weil diese im Gerichtssaal ordentlich auftraten, gut rasiert und mit sauberem Hemd. Und er hat andere gesehen, denen kein einziges Zugeständnis gemacht wurde, weil sie es an dieser Umsicht hatten fehlen lassen. Manchmal ist Gerechtigkeit eine Frage des Aussehens ...

Bustianu setzt sich auf den Stuhl vor Dionigi Mariani. Er reibt sich den Bart und wartet ab, schließlich hat der andere um diese Unterredung gebeten: Sekunden gespannter Erwartung vergehen. Jetzt wird sich herausstellen, ob sich die vierzehn Stunden, die seit dem Treffen vor Tzitzus Haus vergangen sind, gelohnt haben.

Zunächst sieht es so aus, als würde Dionigi Mariani nun sprechen, doch dann steht er auf und streckt den Arm aus. Einen dünnen, knorrigen Arm. Offenbar ein Zeichen, denn Farina greift rasch nach einem perfekt gebügelten Hemd, das auf dem Feldbett bereitliegt; er nimmt es mit den Fingerspitzen hoch, um es nicht zu verknittern. Weil er kleiner ist als Mariani, muss er sich auf die Zehenspitzen stellen, um den Ärmel über den ausgestreckten Arm zu streifen. Den Rest macht Mariani alleine, genüsslich lässt er den knisternden, gestärkten Stoff über die Haut gleiten.

Endlich beginnt er zu sprechen. »Ich habe Euch um diese Unterredung gebeten«, sagt er, während er sich umdreht und die Hose aufknöpft, um das Hemd hineinzustopfen, »weil Ihr ein Mensch seid, auf den man sich verlassen kann.«

Schweigen. Er dreht sich um, das Hemd ist zugeknöpft. Bustianu beschränkt sich darauf, ihn anzusehen. Die grün schimmernde Luft im Zelt ist immer noch voller Dampf. Farina hat sich in Luft aufgelöst, ohne auf weitere Befehle zu warten.

»So ist es gut«, sagt Dionigi Mariani plötzlich, während er ein letztes Mal das Hemd zurechtzupft. »Jetzt kann man endlich reden ... Wir sind hier zwar unter

Männern, aber bestimmte Bedingungen müssen schon erfüllt sein, wenn man ein wichtiges Gespräch führen will … Und was ich Euch zu sagen habe, ist wichtig.«

Schweigen.

»Sprecht nur«, fordert Bustianu ihn schließlich auf. Seine Stimme klingt gepresst, als hätte er den Mund voller Kitt.

»Es geht um die Frau, die man in Cucullìo tot aufgefunden hat.«

Schweigen. Bustianu wartet gespannt.

»Nun, ich wollte Euch sagen, dass ich mit dieser Sache nichts zu tun habe.« Dionigi Mariani hat einen Ton angeschlagen, als ginge es um einen Viehhandel.

Schweigen. Bustianu setzt sich bequemer zurecht.

»Ich habe mit dieser Sache nichts zu tun«, bekräftigt Mariani; offenbar fühlt er sich unbehaglich, weil Bustianu nur schweigend dasitzt. »Ich rühre keine Frauen an, nicht um sie umzubringen, meine ich.« Bei dieser Präzisierung lächelt er zweideutig.

»Meint Ihr Elène Seddone?«, fragt Bustianu schließlich.

»Ich meine die, von der die Zeitungen behaupten, ich hätte sie umbringen lassen. Ich habe sie nicht einmal gekannt.«

»Sie vielleicht nicht, aber ihren Bruder, den kennt Ihr umso besser.«

»Dass sie die Schwester von Marieddu Seddone, diesem Schwachkopf, war, habe ich erst aus der Zeitung erfahren.«

»Da kann ich Euch nicht helfen, mit diesem Fall habe ich mich überhaupt nicht befasst. Und außerdem, um ehrlich zu sein, ein Mord mehr oder weniger, was macht das für einen Unterschied?«

Dionigi Mariani zuckt zusammen, die Frage hat ihn getroffen. »Das macht einen großen Unterschied, denn ich habe die Frau weder umgebracht noch umbringen lassen. Wenn ich mit einem Streit habe, dann halte ich mich an ihn und nicht an seine Verwandten. Marieddu Seddone, der weiß, dass er ein toter Mann ist, wenn ich ihn vor die Flinte bekomme. Er weiß, dass ich auf ihn warte, und früher oder später erwische ich ihn. Ich bin in meiner Ehre gekränkt, Avvocato, wirklich …«

Bustianu muss lachen. »Entschuldigung …«, sagt er dann.

Dionigi Mariani kümmert sich nicht weiter um das Lachen, da er merkt, dass Bustianu in Verlegenheit ist. »Was gibt es da zu entschuldigen?«, fragt er deshalb. »Hier geht es nicht um Entschuldigungen, hier geht es um Gerechtigkeit. Deswegen habe ich Euch hergebeten.«

Bustianu sieht ihn völlig entgeistert an. »Gerechtigkeit …«, wiederholt er wie zu sich selbst. »Welche Gerechtigkeit?«, ruft er aus und hebt am Ende die Stimme gerade so weit, dass aus der Feststellung eine Frage wird.

Mariani sieht ihn an, ohne zu antworten, er hat begriffen, dass er Bustianu erst Gelegenheit geben muss, seine Gedanken zu ordnen. »Tut mir Leid, aber ich verstehe nicht ganz«, sagt Bustianu nach einer Weile.

»Ach nein?«, schießt Mariani sofort zurück. »Was gibt's denn da zu verstehen? Ihr seid doch Anwalt, oder nicht?«

Das Gespräch nimmt einen Ton an, der keinen Widerspruch zulässt. Das ist nicht gut, denkt Bustianu, das ist gar nicht gut. Diese Bestie hat mehr Morde auf dem Gewissen als ein Mammutones Glocken auf dem Rücken, und jetzt will er mich über meine beruflichen Pflichten belehren.

»Was soll das? Wollt Ihr, dass ich Euch vertrete?«, fragt Bustianu schließlich.

Plötzlich lächelt Mariani boshaft, zwischen den violetten Lippen blitzen die weißen Reißzähne auf. »Diese Sache schadet mir«, sagt er, dann wird er wieder ernst und sagt noch einmal, diesmal mit finsterer Stimme: »Sie schadet mir.« Sein Gesicht ist so konzentriert, dass er mindestens zwanzig Jahre älter aussieht.

Bustianu beobachtet diesen plötzlichen Stimmungsumschwung, es ist, als würde ein Schauspieler die Rolle wechseln: Vorher der junge, noch unreife Mann, ein Schürzenjäger, der mit jeder verheirateten Frau anbändelt, ein richtiger Schwerenöter, dem man alles verzeiht; und dann der hartgesottene Alte, der keine Gefühle kennt, nie eine Träne vergossen hat und jederzeit bereit ist, zuzuschlagen.

»Ihr müsst Euch darüber im Klaren sein, dass Ihr keine Sonderbehandlung verlangen könnt, im Gegenteil, diese Angelegenheit wird Euch, was mich betrifft, einiges kosten, das wird Euch teuer zu stehen kommen.«

Doch Dionigi Mariani diskutiert nicht über den Preis, das hat er nie getan. Ergeben hebt er die Arme, als hätte er sich bereits mit allem abgefunden: Bustianu möge einen Preis nennen, er werde bezahlen, sogar im Voraus, schließlich vertraue er ihm, es wäre doch dumm, seinem Anwalt nicht zu vertrauen!

Bustianu, auf dem falschen Fuß erwischt, knetet das Kinn. Die Kostenfrage, dachte er, wäre ein gutes Abschreckungsmittel, doch jetzt hat er sich in seinem eigenen Netz verfangen. Dabei weiß er gar nicht, was er mit Marianis Geld anfangen soll, und selbst wenn er es wüsste, er will es einfach nicht.

»Damit meinte ich kein Geld.« Eine Lüge, um die Taktik zu ändern. »Als ich sagte, dass Euch das einiges kosten wird, meinte ich die Tatsache, dass, wenn ich die Sache übernehme, und ich wiederhole, wenn, dann bestimme ich, was gemacht wird.«

Dionigi Mariani kneift die Augen zusammen, verzieht den Mund zu einem kindlichen Schmollen, doch dahinter, unter dieser Maske, formiert sich ein Grinsen, das weder höhnisch noch skeptisch ist. Offenbar scheint er sich mit dem Unvermeidlichen abzufinden: Eine Forderung beantwortet man mit einer Gegenforderung, so ist das nun mal auf der Welt … Der Avvocato ist ein schlauer Fuchs, der schlaueste von allen, er versucht sich herauszuwinden, aber den Gefallen wird er ihm nicht tun. »Das ist klar«, bekräftigt er schließlich. »Ihr übernehmt die Zügel.«

Bustianu setzt ein scheinheiliges Gesicht auf. »Dann erzählt mir erst einmal, was Ihr über diese Geschichte wisst.« Diese Miene setzt er sonst nur auf, wenn er mit Informanten oder Denunzianten spricht.

Mariani zuckt zusammen. »Wie bitte?«, fragt er, jedoch nur, um Zeit zu gewinnen.

»Eine Vermutung werdet Ihr ja wohl haben, und Erkundigungen auf eigene Faust habt Ihr sicher auch schon eingezogen; wenn Ihr wollt, dass ich Euren Fall übernehme, müsst Ihr schon mit der Sprache herausrücken und ein paar Fragen beantworten.« Vielleicht würde das reichen, um sich aus dem Netz zu befreien.

Dionigi Mariani lässt sich Zeit, er spürt, dass Bustianu sich windet, um aus dieser vertrackten Lage herauszukommen. Er, Mariani, hat doch noch nie geredet, was das betrifft, hat er ganz andere Ansichten als Bustianu; will der ihn etwa als Spitzel hinstellen? »Wenn ich gewollt hätte, dann hätte ich gleich eine Anzeige machen können, irgendeinen Weg hätte ich schon gefunden. Aber ich spiele doch nicht den Spitzel, das könnt Ihr nicht von mir verlangen, das habe ich noch nie gemacht …«

»Das heißt, Ihr habt eine ganz bestimmte Theorie, was es mit dem Tod von Elène Seddone auf sich hat.«

»Irgendwie schon …« Dionigi zuckt die Achseln, dann nichts mehr.

»Was wollt Ihr dann noch von mir?«, fragt Bustianu und spürt, wie die Fessel sich lockert. »Ich habe wirklich keine Lust auf Spielchen, meine Bedingungen kennt Ihr ja …«

Mariani kneift die Augen zusammen und schweigt, verdammt. Bustianu steht auf und geht auf den Ausgang zu.

»Ich hab's ja gewusst«, sagt Mariani und nötigt Bustianu sich umzudrehen. »Ich hab's gewusst«, sagt er noch einmal, »dann muss ich wohl reden, ohne zu sprechen. Aber erst nach dem Mittagessen, jetzt kommen gleich die französischen Gäste. In der Zwischenzeit könnt Ihr Euch ein wenig umsehen, dann essen wir zusammen. Farina!«

Der Ruf lässt Bustianu zusammenzucken. Farina taucht vor ihm auf und durchschneidet den hauchdünnen Lichtstrahl, der durch die Plane am Zelteingang hereinfällt.

Ein paar rasche Blicke, ein kurzes Gemurmel, Farina nickt, Mariani ebenfalls: Bring ihn nach draußen, bring ihn zu Cagnara, so verständigen sie sich, ohne den Mund aufzumachen.

Schließlich wendet sich Farina direkt an Bustianu: »Kommt mit, Ihr müsst mit jemandem reden.«

»Mit wem denn, wer ist dieser jemand?«, fragt Bustianu, ohne einen Schritt zu tun.

»Ihr habt ihn schon gesehen«, erklärt Farina mit einem Lächeln zu Mariani, »es ist Cagnara.«

Cagnara ist ein Spitzname. So wird er genannt, weil er stumm ist. Aber er war nicht von Geburt an stumm, stumm wurde er gemacht. Was da passiert ist, weiß keiner so genau; die einen behaupten, er habe sich beim

Schafescheren verletzt, ein banaler Unfall; die anderen meinen, er habe sich mit einem wenig Vertrauen erweckenden Typen eingelassen und dann bei einem heftigen Streit drei Viertel seiner Zunge verloren; aber es kursiert auch eine romantische Version, die besagt, Cagnara habe sich die Verletzung selbst beigebracht, nachdem er seine Geliebte nach einem Zerwürfnis mit unsäglichen Worten beschimpft hatte …

Farina redet schnell und sicher, mit dem harten Tonfall der Leute aus Orgosolo: Kaum haben sie die paar Schritte vom Zelt zur Feuerstelle zurückgelegt, wo die Männer sich die erzwungene Untätigkeit mit einem Schwätzchen vertreiben, da kennt Bustianu schon die Legende von der abgeschnittenen Zunge.

»Aha«, sagt Bustianu nur, »Cagnara ist also der Stumme.«

»Ich persönlich glaube eher, dass sein Herr ihn so zugerichtet hat, denn es heißt, dass er sie nicht im Zaum halten konnte, diese Zunge. Von Kindesbeinen an hat diese arme Seele nichts anderes gemacht, als Schafe zu hüten, er war blauäugig, Avvocato, er glaubte alles, was man ihm sagte, und eines Abends, so heißt es, sollen ein paar Gestalten aus Lula ihm zu trinken gegeben haben, ein Glas nach dem anderen, um ihn über die Geschäfte seines Herrn auszuhorchen. Am nächsten Tag ist es dann passiert: Mit einer glühenden Klinge haben sie ihm die Zunge herausgeschnitten, es soll nicht einmal geblutet haben …«

»Und dann?«, fragt Bustianu, während er sich nach Zenobi umsieht.

»Und dann …« Farina zögert.

»Welches Ende hat seine Herrschaft genommen?«, fragt Bustianu mit dem Tonfall dessen, der schon die Antwort weiß. Er hat Zenobi, der mit dem Rücken am Stamm einer Weide lehnt, ein Zeichen gegeben.

Farina grinst und schüttelt den Kopf über seine eigene Dummheit. »Wie?«, fragt er. »Ihr habt mich die ganze Geschichte erzählen lassen, obwohl Ihr schon alles wusstet?«

»Nein, so genau kannte ich die Geschichte noch nicht, ich weiß nur, was mit seinem Herrn passiert ist.«

Die Überreste von Cagnaras Herrn hatte man nämlich auf der Straße von Mamojada nach Nuoro gefunden, den Kopf in Corte Pischedda und den rechten Fuß in Prato Sardo. Der Fall war noch immer nicht aufgeklärt.

Farina bleibt stehen, um Bustianus Scharfsinn zu bewundern, dann nickt er heftig, als wollte er sagen, dass auch der Harmloseste bisweilen den Kopf verliert.

»Er ist mir heute Morgen schon aufgefallen, gleich als ich ihn gesehen habe, der Junge kommt bestimmt aus Nuoro«, erklärt Bustianu. Nette Gesellschaft, denkt er, in die ich da geraten bin …

Oben auf der Klippe geben die Bergziegen in Stiefeln Signal, zwei lange Pfiffe und ein kurzer.

»Sie kommen«, verkündet Farina.

Instinktiv sieht Bustianu zu dem gezackten Felskamm hinauf.

»Heute haben wir Gäste«, erklärt Farina dem zerstreuten Bustianu, der noch immer seinen Gedanken nachhängt. »Eine Gruppe Franzosen, die sich hier fotografieren lassen will.«

Cagnara hat sich zurückgezogen und sitzt am Eingang einer kleinen Höhle; er will gerade aufstehen, da sieht er Bustianu und Farina auf sich zukommen.

Es ist schön geworden, es riecht gut, alles riecht gut, selbst der Ruß, der aus der Glut aufsteigt, selbst der Speck, der triefend an den Spießen hängt, selbst der dampfende Pferdemist, selbst die fetten, aufgeplatzten Wacholderbeeren.

Der Wind hat die Atmosphäre gereinigt, die Luft ist so glasklar, dass man alles gestochen scharf sieht: Die Konturen der Büsche heben sich deutlich vom Hintergrund ab, im Gefieder der Vögel kann man die Federn zählen, jeder Knoten am knorrigen Stamm der Eiche erzählt eine Geschichte, der zerklüftete Felskamm sieht aus wie von sicherer Hand gemalt, jeder Grashalm ist eine Miniatur in Email. Diese lautlose Explosion von Linien und Düften erzeugt eine melancholische Fülle, als könnte man plötzlich eine ganz andere, überwältigende Wirklichkeit sehen und riechen. Bustianu fühlt sich an Bilder nordischer Maler erinnert, die so geradlinig sind und doch so aufgewühlt, so eindeutig und zugleich so unbestimmt. Der satte, kräftige Pinselstrich nach flämischer Manier verleiht dem Bild eine gedämpfte Dramatik, in der selbst die Geräusche dazu beitragen, die räumliche Wirkung zu verstärken: der Habicht, der kreischend seine Volten vollführt, die genagelten Schuhe der Banditen, die der körnigen Oberfläche des Granits Kontur verleihen, das Brummen der Insekten, das die Leere erfüllt. Als könnte das Gehör eine Rötelskizze entwerfen, die in allen Details dem Fresko entspricht. Eine würzige Zeichnung, die den Primärfarben eine cremige Konstistenz verleiht und damit den Gaumen füllt: der Geschmack der blauen Luft, der die Kehle austrocknet, das knusprige Gelb von verbranntem Gras, das flammende Rot von Glut, Fleisch, rostigem Moos. Bustianu ist wie ein Kind, das ganz dicht an das Gemälde heran will, so dicht, dass die festgefügten Formen sich auflösen und der Pinselstrich sichtbar wird. Bustianu ist wie ein Kind, das die gezackte Linie des Horizonts anfassen will, um zu fühlen, wie dick die graue Farbschicht ist. Die Holundersträucher im Tal sind so nah, dass man die weißen Knubbel der Blüten unter der Hand zu spüren glaubt, und der Bach, der vor der Buche vorbeifließt, ist ein welliger blauer Strich, der beim leichtesten Fingerdruck nachgeben würde. Für das Gesamtbild jedoch gibt es keine Hoffnung. Das Gesamtbild verlangt Distanz, wenigstens drei Schritte. Deshalb tritt Bustianu, während Farina auf ihn einredet, drei Schritte zurück.

»Eine Gruppe Franzosen, die sich hier fotografieren lassen will«, sagt Farina gerade. Dann folgt er Bustianu: »Wohin geht Ihr?«

Bustianu bleibt stehen, seine Augen strahlen vor Freude wie bei einem Künstler, der stolz sein Werk betrachtet. »Ist es nicht wunderschön?«, fragt er schließlich.

Farina sieht sich um. »Was ist wunderschön?«, fragt er verständnislos.

Bustianu lächelt leicht gequält. »Alles«, antwortet er, wobei er die Arme ausbreitet und sich umsieht.

Farina versucht, Bustianus Blick zu folgen, vergeblich strengt er sich an, in diesem Tal das Paradies zu erkennen, jenes Paradies, das Bustianu offenbar sieht. Für Farina, der kein Dichter ist, bedeutet dieses »alles«, das mit so viel religiöser Inbrunst ausgesprochen wurde, im Grunde gar nichts: ein bisschen Grün zwischen Felsen, Sträucher und Steine, Pflanzen und Insekten und Wind, der murmelnd durch den Felskorridor fährt.

Cagnara hat sich zurückgezogen, in seiner Höhle sieht er aus wie ein Eremit, es ist so dunkel, dass man nur die weißen Augäpfel erkennt.

»Da ist Cagnara.« Farina streckt die Hand aus und zeigt auf die Felsöffnung.

Bustianu schüttelt sich. Farina sieht ihn besorgt an. »Ist alles in Ordnung mit Euch?«, fragt er. Als Bustianu nickt, spricht er weiter. »Bei allem Respekt, aber Ihr seht aus, als kämt Ihr gerade aus einer anderen Welt.«

»Und du, du siehst auch einigermaßen mitgenommen aus. Was ist nun?«

Farina schüttelt den Kopf. »Hier, das ist Cagnara«, sagt er noch einmal.

Cagnara ist gerade aufgestanden, doch als er Farina und Bustianu auf sich zukommen sieht, setzt er sich wieder.

Zenobi beobachtet die Szene aus der Ferne. Er sieht, wie Bustianu Farina zu einer schattigen Stelle zwischen den Felsen folgt. Als er aus dem Zelt kam, hat Bustianu sich suchend umgesehen und ihm zugewinkt; aber das war keine Aufforderung, ihm zu folgen, und so ist Zenobi im Schutz der großen Buche sitzen geblieben. Offenbar diskutieren Farina und Bustianu, irgendwann weicht Bustianu zurück, und Zenobi will schon aufstehen, man kann ja nie wissen, vielleicht braucht er Hilfe. Doch als Bustianu stehen bleibt, setzt Zenobi sich wieder. Weiter hinten tritt der junge Stumme kurz aus dem Dunkel der Höhle, offenbar will er Bustianu und Farina entgegengehen …

Cagnara lauscht versunken, er kennt die unterschiedlichen Tonfälle. Wenn Farina etwas Wichtiges zu sagen hat, spricht er langsamer, artikulierter. Dann klingt seine Stimme sonderbar tief und abgehackt.

»Du sollst dem Avvocato erzählen, was du gesehen hast«, fängt Farina an, dann wendet er sich an Bustianu. »Er kann zwar nicht richtig sprechen, aber ich verstehe ihn.«

»Und warum erzählst du es mir dann nicht gleich selbst?«, fragt Bustianu, der es nun langsam eilig hat, nach Hause zu kommen.

»Weil das nicht dasselbe ist, Avvocato. Ihr wisst doch selbst, dass das nicht dasselbe ist. Ich möchte nicht, dass Ihr denkt, ich würde mir da was ausdenken.«

Bustianu sieht Farina an, er muss sich das Lachen verkneifen, denn Cagnaras Gegurgel ist so unverständlich, dass es für ihn auf dasselbe hinausläuft. Doch als er sieht, wie gespannt Farina zuhört, um ihm Cagnaras Erzählung zu übersetzen, sieht er ein, dass es keinen Sinn hat, Farina diesen einfachen Umstand zu erklären.

Cagnaras Erzählung klingt wie ein muslimisches Gebet: nur Vokale, kaum Konsonanten. Während Farina weiter aufmerksam zuhört, sieht er Bustianu aufmunternd an, als wollte er sagen, er solle sich keine Sorgen machen, dieser Einheitsbrei ergebe durchaus einen Sinn.

Cagnara war auf dem Weg nach Bòrore, wann wird das gewesen sein? Letzten Monat. Er hat die Gegend durchstreift, weil es dort prächtige Fasanenweibchen gibt und große Männchen mit Federn ... Bustianu bedeutet Farina, er solle zum Punkt kommen. Farina macht eine kurze Pause, dann runzelt er die Stirn, als würde er im Geiste mal eben schnell zusammenfassen. Wie er dort mit der Flinte auf der Pirsch war, hat er den Körper gefunden: halb in einem Erdloch verbuddelt wie ein Stofffetzen; offenbar hatte die Leiche da schon eine Weile gelegen denn so wie es aussah, hatten sich die Wildschweine an den Weichteilen gütlich getan. Was ist mit Blut?, fragt Bustianu. Cagnara sieht ihn an, überlegt angestrengt und schüttelt dann den Kopf. Farina beeilt sich, das Nein zu bestätigen. Dass es eine Frau war, hat er an dem zerrissenen Kopftuch und an der zerrissenen Bluse erkannt. Cagnara dachte, die Ärmste sei gestürzt, habe sich etwas gebrochen und sei dann, weil niemand kam, der ihr hätte helfen können, zum Schöpfer geflogen. Dann müssen die Wildschweine, vielleicht auch die Krähen sich versammelt und ein Festmahl gehalten haben. Verletzungen? Nein, keine sichtbaren Verletzungen.

Eine auffällige Körperhaltung, das schon, wie eine, wie soll ich sagen, eine, der kalt ist, versteht Ihr? Bustianu macht ein Gesicht, als versuchte er, sich die Szene vorzustellen: Was meinst du damit, eine, der kalt ist? Farina bemüht sich zu erklären: Eine, die sich heftig krümmt, Avvocato, so als wenn einem der Bauch wehtut … Und dann?, fragt Bustianu. Cagnara schaut Farina an, Farina blickt sich um.

An der Feuerstelle baut sich die Gesellschaft zu lebenden Bildern auf. Zwischen den Briganten posieren Damen in engen Kleidern und englisch gekleidete Herren mit ernster, wachsamer Miene wie Soldaten auf Wachposten; die blutrünstigen Männer der Barbagia scheinen sich zu amüsieren, doch auf Anweisung des Fotografen, der kein rollendes R aussprechen kann, machen sie finstere Gesichter und blecken die Zähne. Das Posieren dauert eine Ewigkeit, bis schließlich ein weißer Blitz das Zeichen zur Auflösung gibt. Dann werden richtige Szenen gestellt: Ein Franzose mit Schnurrbart befreit seine Frau von den Stricken, mit denen zwei blutrünstige Männer sie gefesselt hatten; eine Frau mit Tropenhelm beschimpft einen borstigen Briganten, der so tut, als würde er gewaltsam über sie herfallen; gegen einen angemessenen Aufpreis sind auch mythologische Szenen zu haben: Panflöte spielende Faune, die man zwischen den Felsen aufstellt; Druiden, die grausame Gottheiten anrufen; Jungfrauen mit rauschenden Gewändern, die zwischen wilden Tieren wandeln …

Und dann?, wiederholt Bustianu, um auf das Thema zurückzukommen. Farina muss lachen. Was, und dann? Was ist dann passiert? Cagnara wird unruhig, will gehen, aber Farina bedeutet ihm, sich wieder zu setzen. Bustianu wartet. Schließlich fährt Cagnara fort, seinen

Wortbrei auszuspucken. Der Frau fehlten die Hände und die Zunge, aber das mit der Zunge, das muss nichts bedeuten, denn vielleicht hatten die Tiere sie gefressen, aber die Hände, die Hände nicht, die hatte man mit dem Messer abgeschnitten. Und Blut?, fragt Bustianu. Nein, Avvocato, kein Blut. Vielleicht ein bisschen, aber nur im Mund, das muss passiert sein, als ihr die Zunge herausgerissen wurde.

Und an den Armstümpfen? Auch an den Armstümpfen kein Blut? Nein, nichts. Furchtbar hat sie ausgesehen, Avvocato, grauenhaft, sie war ganz zerfleddert. Bustianu versteht gar nichts. Aber er will wissen, wie Cagnara sich die Sache zusammenreimt. Es dauert eine Weile, bis Farina übersetzt hat. Cagnara sieht Bustianu an, wortlos diesmal, dann sagt er, es sei sinnlos, ihn zu fragen, seine Meinung zähle doch nicht, das wisse der Avvocato doch. Bustianu versucht ihn durch ein Lächeln zu ermuntern, aber Cagnara ziert sich, als hätte man von ihm verlangt, sich nackt auszuziehen. Ein Schwachkopf bleibt ein Schwachkopf, kommentiert Farina, aber Bustianu gibt ihm zu verstehen, dass er still sein soll. Als Cagnara schließlich erneut ansetzt, kann man an der Art der Laute erkennen, dass er sich an einer Theorie versucht. Farina mustert ihn skeptisch, hin und wieder bricht er in Lachen aus, doch Cagnara ist so konzentriert, dass er sich davon nicht beirren lässt. Er glaubt, sagt Farina kichernd, dass die Frau nicht dort getötet wurde, wo er sie gefunden hat.

Offenbar ist Cagnara fertig, er macht Anstalten aufzustehen. Bustianu rückt ein Stück zur Seite, um ihm Platz zu machen. Farina rührt sich nicht, hebt nur drohend die Hand. Cagnara setzt sich wieder, schwer atmend, mit zitternden Händen. Bustianu wartet auf weitere Erklärungen.

»Du musst alles erzählen«, sagt Farina.

Krampfhaft knetet Cagnara die Hände. Er schweigt.

»Noch was?«, fragt Bustianu versöhnlich.

Farina, der neutral bleiben will, beschränkt sich darauf, den Jungen eindringlich anzusehen, damit er weiterspricht.

Cagnara senkt den Kopf und fängt an, mit einem Stöckchen auf dem Boden zu malen. Doch er schweigt immer noch hartnäckig.

Bustianu stützt sich mit den Händen ab, um aufzustehen, doch Farina hält ihn zurück, während er Cagnara weiterhin drohend ansieht. Cagnara tut so, als wäre er mit seinen Hieroglyphen beschäftigt, aber er spürt Farinas bohrenden Blick und weiß, dass er sich, was immer er tut, dieser Verpflichtung nicht entziehen kann.

Aus der Mitte des Lagers sind jetzt leise Schreie und Gelächter zu hören. Die Gäste kosten die verwegenen Gerichte der einheimischen Küche. Der Wilde Westen der Barbagia mit seinem extremen Geschmack: Lamm- und Siebenschläferbraten, fettige Blutwurst mit Minze und Schafskäse, Bizarres wie ein wandernder Käse aus lebendigen Larven, scharfer klarer Branntwein. Angeekelt lehnen die Damen höflich fast alles ab, was ihnen angeboten wird, und knabbern nur ein Stück hauchdünnes Fladenbrot mit Öl und Salz. Die Männer sind wagemutiger und passen sich an, schließlich hat man ihnen gesagt, dass mit diesen Sarden nicht zu spaßen sei, denn eh man sich versieht, kann ein Festmahl zum Gemetzel ausarten …

Schließlich erzählt Cagnara, durch den Mund von Farina, die ganze Geschichte. An derselben Stelle, wo er die Frau gefunden hat, habe er nämlich etwas gesehen, das es gar nicht gibt. Oder besser, er habe etwas gesehen, das er sich nur durch Dinge erklären könne, die er kenne, aber er könne nicht sagen, ob das, was er meine, gesehen zu haben, wirklich das war, was er gesehen hat. Versteht Ihr? Bustianu schüttelt den Kopf: Nein, er versteht nicht das Geringste. Cagnara solle doch erst einmal den Sachverhalt schildern, bevor er mit Erklärungen anfange.

Also fängt Cagnara noch einmal von vorne an: Er hatte gerade den verunstalteten Körper entdeckt, am Boden zusammengerollt, ohne Hände, ohne Zunge, als er hinter sich Geräusche hörte. Zunächst hat er gedacht, es wäre ein Tier, das sein Festmahl beenden wollte, aber dann wurde er eines Besseren belehrt, denn aus dem Gebüsch kam ein merkwürdiges Schnaufen, wie von jemand, der nach Luft schnappt, und dann hat er es gesehen.

Cagnara redet nun so schnell, dass Farina kaum hinterherkommt. Aber was, was hat er dann gesehen? Ein Ungeheuer, übersetzt Farina. Ein Mammutones, na ja, wie soll ich sagen, eine Furcht erregende Figur eben, so wie ein Mammutones, obwohl es eigentlich gar nicht aussah wie ein sardisches Mammutones. Ein Stierkopf, Avvocato! Der Kopf sah aus wie bei einem Stier, mit runden glänzenden Augen und langer Schnauze, aber sonst ganz anders.

Ungläubig kneift Bustianu die Augen zusammen, wie immer wenn man ihm, was nicht selten vorkommt, derartige Phantastereien auftischt.

Doch Cagnara ist nicht zu bremsen, er schwört bei der Seele seines Vaters, er habe es gesehen: Grün wie Porree, mit faltiger Nase und einem gelben Streifen auf dem Rücken.

Farina, das muss man ihm lassen, verhält sich wie ein Ehrenmann: Getreulich gibt er alles wieder, ohne Kommentar, selbst die haarsträubendsten Geschichten eines armen Verrückten.

Und wie lief dieses Ungeheuer? Und der Streifen? Und die japsenden Geräusche?

Auf zwei Beinen! Wie ein Christenmensch, aber sonst hatte es nichts Christliches an sich. Und der Streifen war eine Art knallgelber spitzer Pfeil. Auf dem Rücken. Denn als das Ungeheuer die Flinte sah, ist es im Gebüsch verschwunden; dabei hat er, Cagnara, seinen Rücken gesehen und an der klaren Zeichnung und der glänzenden Haut erkannt, dass es kein pelziges Landtier war, sondern ein Wassertier, ein Reptil. In den folgenden Nächten, in denen er wegen dieser Erscheinung so aufgeregt war, dass er kein Auge zutat, hat er sich dann zusammengereimt, das Ungeheuer habe sicher deshalb so merkwürdig geschnauft, weil der Graben mit der Leiche ziemlich weit vom Wasser entfernt lag. Zwar floss in der Nähe ein Bach, aber genau genommen war das wohl eher ein Rinnsal. Allerdings gab es in der Gegend auch Höhlen, womöglich mit unterirdischen Wasserläufen, und vielleicht war das Vieh von dort gekommen.

Ob Ihr es glaubt oder nicht, Avvocato, genau so ist es gewesen. Cagnara sieht alles genau vor sich, so als würde es sich in diesem Augenblick abspielen. Und, um genau zu sein, die Pfeilspitze zeigte nach oben und bildete ein Dreieck ... So, sagt Cagnara und weist auf die Zeichnung, die er am Boden gemacht hat.

»Hast du einen Bleistift bei dir?«, fragt Bustianu Zenobi, als er bei ihm angekommen ist.

Zenobi schüttelt den Kopf, nein, er habe keinen Bleistift, wozu er den denn brauche? Gespannt sieht er Bustianu an, so als erwartete er eine Zusammenfassung des

Gesprächs, das er aus der Ferne beobachtet hat. Doch Bustianu ist so in Gedanken versunken, dass er gar nicht bemerkt, wie gespannt Zenobi ist. »Also du hast keinen?«, fragt er noch einmal.

»Nein«, entgegnet Zenobi klar und deutlich. »Und jetzt?«, fragt er nun seinerseits eine Spur ungeduldig.

Bustianu schüttelt den Kopf. »Ich weiß nicht, was ich davon halten soll«, murmelt er nachdenklich, »ich muss noch mal kurz mit Mariani reden, dann machen wir uns auf den Weg, ich habe schon viel zu viel Zeit verloren.«

Zenobi zeigt grinsend auf das Zelt. »Wenn wir auf Mariani warten wollen, das kann dauern: Der ist gerade mit einer ›Journalistin‹ hineingegangen, merkwürdig, was sich in Frankreich so Journalistin nennt«, fügt Zenobi viel sagend hinzu. Doch Bustianu hat einfach keine Lust zu antworten.

Rundherum herrscht absolute Ruhe: Während Mariani sein Interview gibt, wird der Rest der Gruppe herumgeführt. Die Männer am Feuer genießen die Pause nach dem Mittagessen.

Rotschopf winkt Zenobi zu, er solle zum Feuer kommen, um etwas zu essen.

»Habt Ihr Hunger?«, wendet Zenobi sich fragend an Bustianu.

»Nein, ich will zurück. Sag ihnen, sie sollen uns zurückbringen ...«

Rotschopf und Raffaele Gusai begleiten sie. Sie haben Anweisung vom Chef, den Avvocato, wenn er es wünscht, unverzüglich zu dem Felsplateau zu bringen, wo sie ihn abgeholt haben. Anweisung, ihm Geld zu geben, nicht bloß für seine Mühe, sondern auch als Vorschuss für seine Arbeit.

»Ich will das Geld nicht«, sagt Bustianu entschieden.

Rotschopf, der mit dem Geld in der Hand dasteht, sieht ihn verdutzt an. »Sagt Mariani, dass ich schon genug Zeit verloren habe und dass er mich trotzdem nicht überzeugt hat. Eigentlich wollte ich noch ein paar Dinge mit ihm klären, aber da er so beschäftigt war, gehe ich davon aus, dass ihm die Sache offenbar gar nicht so wichtig ist.«

»Also, was soll ich ihm nun ausrichten?«, fragt Rotschopf, als hätte er kein Wort verstanden.

»Dass ich den Auftrag nicht annehme«, sagt Bustianu langsam und deutlich. »Dass er sich mit seinen prinzipiellen Fragen an jemand anderen wenden soll. Verstanden?«

Rotschopf sieht zuerst Zenobi an, der den Kopf senkt, dann Gusai, der bisher noch kein Wort gesagt hat.

»Das wird ihm gar nicht gefallen, wenn ich ihm mit dieser Antwort komme«, entgegnet Rotschopf. Gusai nickt zustimmend.

»Was glaubt ihr eigentlich, wen ihr vor euch habt?«, donnert Bustianu. »He, was glaubt ihr, mit wem ihr hier redet? Auch wenn Dionigi Mariani das gar nicht gefällt, so schlafe ich trotzdem seelenruhig, das könnt ihr mir glauben!«

Der Nachmittag ist ockerfarben, golden und safrangelb. Wie eine reife Orange steht die Sonne am Himmel und überzieht die Felsen mit einer dünnen glänzenden Patina. Leise knarrend stemmen sich die blutroten Stämme der Korkeichen gegen den aufkommenden Mistral, der in die Zweige fährt und die dunkle Unterseite der Blätter nach oben kehrt. Der goldene Augenblick umarmt die Erde, bestreicht sie mit Pfirsich und Aprikose. Von oben kann man sehen, wie er purpurne Fäden zieht, sich in die dornigen Arme des Ginsters wirft und den wilden Weizen zum Glänzen bringt. Er klingelt leise, der goldene

Augenblick, als wäre die Luft voll musizierender Nippfiguren, und dann das Sprudeln von klarem Quellwasser aus einer unterirdischen Quelle, Flügelschlagen, Insektengesumm …

Der goldene Augenblick, wo die kreisrunde, rot glühende Sonne die fossile Landschaft und die Menschen mit Amber übergießt; um den Kummer zu mildern, schenkt er rote Erdbeerbaumfrüchte und gelbe Mispeln, die wie Juwelen funkeln; die Härchen der Bienen taucht er in Blütenstaub, versetzt die Wespenheere in Alarmbereitschaft.

Vom Felskamm ist deutlich zu sehen, wie sich der Goldstaub in die Täler ergießt, zwischen die gespreizten Schenkel der Hügel. Von hier oben kann man verfolgen, wie die Farben der Atmosphäre langsam verblassen, von Topas- über Senf- zu Safrangelb. Von dort, vom Kamm der versteinerten Welle sieht man winzige Menschen zu Pferde, die in der Mitte der kahlen Senke diskutieren, eingehüllt in einen blonden Hauch, umringt vom Kreis der Felsen.

Dionigi Mariani dreht an den Rädchen des Fernglases, um das Bild dort unten scharf zu stellen: Rotschopf und Raffaele Gusai verabschieden den Avvocato und seinen Gefährten. Bustianu wirkt verärgert, Zenobi wartet, verlegen.

Mariani setzt das Fernglas ab und zieht die Zügel an, wendet sein Pferd und reitet zum Lager zurück. Er lächelt … Ein boshaftes Lächeln.

zwei

Keine blökende Herde,
Keine menschliche Stimme,
Nur der Wind,
Der durch den eiskalten Weiler pfeift.
Stille, überall.

Sebastiano Satta,
»Vespro di Natale«, in: *Canti barbaricini*

Im Haus herrscht tosende Leere, die Ruhe vor dem Sturm.

Raimonda ist im Hof beim Brotbacken, gemeinsam mit anderen Frauen. Vom Küchenfenster sieht Bustianu ihr zu. Der Backofen ist niedrig, damit man nicht im Stehen arbeiten muss. Raimonda sitzt davor, ein Tuch über der Schulter, Schweißperlen auf der Stirn. Sie schiebt die kreisrunden Fladenbrote in den Ofen, ihr Gesicht ist konzentriert, aber nachdenklich. Sobald der Teig wie ein Ballon aufgeht, zieht sie die Brote aus dem glühenden Rachen und legt sie auf einen langen Tisch. Eine andere Frau schneidet die Fladen auf, die dritte schichtet die weichen, gleich großen Teigplatten übereinander, walzt sie für den zweiten Backgang platt und legt ein Holzbrett mit Gewicht darauf. Die Frauen arbeiten und flüstern, aber es ist, als ob keine ein Wort spräche. Jetzt werden die dünnen weichen Brotplatten wieder in den Ofen geschoben, zum zweiten Mal gebacken und landen einen Augenblick später wieder auf dem Tisch, diesmal knusprig.

Prüfend betrachtet Bustianu Raimondas geistesabwesendes Gesicht: Diesen Blick, den kennt er nur zu gut. Nein, das ist nicht die Konzentration auf die Arbeit. Brot backen, das hat seine Mutter schon als kleines Mädchen gelernt, diese Arbeit verrichten ihre Hände wie von selbst. Raimonda könnte Brot backen und gleichzeitig eine beliebige andere Sache tun. Nein, diesen Blick, den kennt Bustianu nur allzu gut: Irgendetwas passt ihr nicht.

Jetzt erst legt er den Quersack ab. Er ist müde, und das Letzte, was er jetzt brauchen kann, ist ein Streit mit seiner Mutter. Er hat schrecklichen Durst. Bevor er sich setzt, greift er nach dem Wasserkrug und hält nach einem Glas Ausschau; dann sieht er sich verstohlen um und setzt den Krug direkt an den Mund.

»Was soll das? Haben wir keine Gläser im Haus?« Raimonda hat ihn kalt erwischt.

»Ich habe Euch gar nicht hereinkommen sehen«, prustet Bustianu, der fast erstickt.

»Ich habe dich letzte Nacht auch nicht zurückkommen sehen«, erwidert sie betont beiläufig.

Diesen Ton kennt Bustianu, unzählige Male hat er ihn gehört und insgeheim »den Ton kurz vorm Platzen« getauft.

»Ich konnte Euch nicht Bescheid sagen, es war unmöglich.« Er versucht es.

Raimonda ist schon auf halbem Weg zurück in den Hof, wo die anderen Frauen die Arbeit fortsetzen. »Ja, ja …«, sagt sie, als würde sie ihm glauben, aber sie glaubt ihm nicht.

»Jetzt bin ich todmüde«, versetzt Bustianu mit einer Heftigkeit, die etwas Beschwörendes hat.

»Essen ist keins da, ich wusste ja nicht, wann der Herr zu kommen geruhen würde.« Da ist er, der Angriff. »Wenn du schon unterwegs bist, kannst du ja demnächst auch woanders essen, bevor du nach Hause kommst. Dann brauchst du nur noch zum Schlafen nach Hause zu kommen.«

»Ist ja gut …« Bustianu verdreht die Augen zum Himmel.

»Ist ja gut, ist ja gut«, äfft Raimonda ihn nach. »Wenn es für dich gut ist …« Sie geht zur Tür.

»Halt«, sagt Bustianu. »Erst müsst Ihr mir erklären, was eigentlich los ist. Ich bin zwar bestimmt nicht schwer von Begriff, aber diesmal verstehe ich wirklich nicht, was Ihr habt. Was erwartet Ihr von mir? Bin ich Euch etwa Rechenschaft schuldig? Nein, nein, raus mit der Sprache … Unglaublich … Das ist doch wohl das Letzte.«

Ungerührt hört Raimonda sich die ganze Tirade an.

»Wenn du das nicht verstehst, dann ist es wohl so: Ich bin verrückt, und du bist vernünftig«, sagt sie eingeschnappt. »Aber Bescheid sagen, das ist doch wohl das Wenigste«, beharrt sie.

»Ich konnte nicht!« Jetzt brüllt Bustianu so laut, dass die Frauen im Hof sich umdrehen.

»Sprich gefälligst leise«, sagt Raimonda drohend. »Du bist hier nämlich nicht im Wirtshaus. Verstanden?«

»Ist das Euer Ernst?« Bustianu glaubt, seinen Ohren nicht zu trauen.

Raimonda antwortet nicht, geht aber auch nicht hinaus. Hastig rückt sie ihren Haarknoten zurecht und zupft an ihrem Schultertuch. Bustianu sieht sich nach einem Glas um.

»Du weißt doch, wie ich bin«, sagt Raimonda, während sie ein Glas aus der Kredenz nimmt und es auf den Tisch knallt. »Das weißt du ganz genau«, sagt sie noch einmal. »Und wenn du das nächste Mal nicht nach Hause kommst, dann brauchst du bloß Bescheid zu sagen, das ist wohl nicht zu viel verlangt.«

»Also, es tut mir wirklich Leid, was soll ich sonst sagen?« Bustianu gießt sich seufzend Wasser ein.

»Du brauchst mir gar nichts zu sagen, du bist schließlich der Herr und ich das Dienstmädchen.« Raimonda gibt nicht nach.

»Ach was, Dienstmädchen … Ich war außerhalb von Nuoro und hatte nicht geplant, dort zu übernachten. Das kommt vor, oder?«

»Komisch, dass so was immer nur dir passiert.«

»Das passiert nicht nur mir, nur dass ...«

»Nur was? Los, sag schon, was du sagen willst!«

»Ach nichts, lassen wir das.«

»Nur dass die anderen nicht so einen Quälgeist zu Hause haben wie mich, stimmt's?« Jetzt drückt Raimonda auf die Tränendrüse.

»Das habt Ihr gesagt, ich hab nichts Dergleichen gesagt«, murmelt Bustianu dickköpfig.

»Du wirst mich nicht ändern«, raunt Raimonda.

Bustianu zuckt die Achseln. »Ändern? Wer will Euch denn ändern? Das habe ich schon vor langer Zeit aufgegeben, diese Diskussion ist überflüssig. Wenn Ihr mir sonst nichts zu sagen habt, dann gehe ich jetzt nach oben, um mich zu waschen.«

Raimonda zieht die Bluse zurecht und seufzt.

»Vorher solltest du was essen, in der Kredenz ist Lammbraten mit Oliven«, sagt sie und geht hinaus zu den anderen Frauen im Hof.

Das klingt liebevoll, wie immer, wenn sie gewonnen hat. Denn, damit das klar ist, gewonnen hat sie.

Zwei Tage vergehen, vielleicht auch drei.

Der Tag am Gericht ist ein Alptraum, Bustianu muss einen Fall verhandeln, der ihm gar nicht gefällt: Seine Mandanten sind Familienangehörige von Untergetauchten, die man in Haft genommen hat, weil sie der Justiz die Zusammenarbeit verweigern, und die jetzt wegen Begünstigung vor Gericht stehen. Es geht ihm gegen den Strich, betagte Mütter, Ehefrauen, Schwestern oder gar jüngere Geschwister zu verteidigen. Doch nach den Sondergesetzen sind selbst solche Mittel erlaubt, um Untergetauchte der Justiz zuzuführen. Ungezählte Male schon hat er im Gerichtssaal wie auf den Fluren seine Auffassung dargelegt, der Staat müsse es als seine vornehmste Pflicht betrachten, besser zu sein als die, die er verurteilt. Wer Partei ergreift, schafft keine Gerechtigkeit, nur wer unparteiisch ist, kann gerecht urteilen. Vor dem Gesetz sind alle gleich, nur für die Dame mit der Waage gilt das nicht, sie darf nicht gleich sein, sie muss über den Parteien stehen. Wer ein Urteil fällen will, muss unangreifbar sein, zumindest moralisch unangreifbar. Doch ein Gericht, das selbst zum Täter wird, kann für nichts mehr garantieren. Selbst die Hinrichtung des grausamsten Banditen ist an sich schon eine Niederlage: Mord um Mord, Zahn um Zahn. Wenn er solche Dinge sagt, wird er schief angesehen; für die anderen mag sich das paradox anhören, nach Spitzfindigkeiten eines spekulativen Geistes, aber es ist nicht paradox. In seinem Plädoyer erkühnt er sich deshalb zu einer Ausführung, die eigentlich eher eine Grundsatzerklärung ist oder vielmehr eine Aporie. »Nehmt einmal an«, sagt er, »Euch wird ein

Pferd gestohlen, und Ihr wisst ganz genau, wer den Diebstahl begangen hat: Die Justiz – das Recht, das wir uns gegeben haben – verlangt nun, dass wir uns an sie wenden. Die Bestrafung, sagt sie, sei nicht unsere Sache. Das Recht soll uns als Maßstab und Lehre dienen. Es kann und darf nicht sein, dass Menschen, die sich an derselben Sonne wärmen, von derselben Quelle trinken und dieselbe Luft atmen, sich erdreisten, den Platz der Justiz einzunehmen. Denn sie steht über ihnen. Würden wir dem Dieb nun selbst ein Pferd stehlen, dann wäre das eine Straftat gleichen Grades. Um seiner selbst willen soll der Bestohlene hier vor diesem Gericht erscheinen, sich zu Wort melden und das erlittene Unrecht anzeigen. Denn dann hat er die Gewissheit, besser gehandelt zu haben als der, der ihm den Schaden zugefügt hat, und er kann beruhigt nach Hause gehen, das Feuer im Herd anfachen und sich zu seiner Frau legen. Nun aber kommt der Staat mit seinen Sondergesetzen daher und behauptet, um der Gerechtigkeit willen habe er die Pflicht, sich mit den Verbrechern auf eine Stufe zu stellen. Doch wenn er das tut, sage ich Euch, dann ist er schlimmer als sie. Eine blutrünstige Bestie begeht Raubzüge, Entführungen, Morde, und wir, was tun wir? Wir sperren Mütter, Ehefrauen und kleine Kinder ein, um die Täter zu nötigen, sich zu stellen. Damit werden wir zu Komplizen, machen uns mit den Banditen gemein und sprechen ihre Sprache: Auf Entführung antworten wir mit Entführung, denn die Mütter, Schwestern und Kinder, die hier auf der Anklagebank sitzen, sind nichts anderes als Entführte. Damit glaubt man, uns etwas beibringen zu können, so weit ist es schon gekommen. Wir aber müssen damit rechnen, dass diese Menschen, die jetzt eingesperrt werden, morgen von uns Rechenschaft verlangen, denn unter Gleichen darf es keine Unterschiede geben.

Doch wer sich mit der Justiz auf eine Stufe stellt, der fügt ihr Schaden zu …«

»Was ist los, haben Sie letzte Nacht schlecht geschlafen?«, fragt Poli, als er ins Tettamanzi kommt.

Bustianu sieht so finster aus wie ein Brunnenschacht. Er starrt vor sich hin, als grübelte er über Grundsätzliches nach.

»Ich meine Ihr Plädoyer. Da haben Sie wohl ein bisschen dick aufgetragen …«

»Dabei habe ich mich noch zurückgehalten«, sagt Bustianu herausfordernd, mit Grabesstimme.

Poli grinst. »Wenn das so weitergeht, kann man sich mit Ihnen bald nicht mehr sehen lassen.«

»Wenn das so weitergeht, bin ich bald derjenige, der ernste Schwierigkeiten bekommt, Maresciallo«, sagt Bustianu und macht Anstalten aufzustehen.

Poli grinst halb verlegen, halb gespannt. Er kommt sich vor wie ein erfahrener Bauer, der sich mit dem Himmel auskennt und genau weiß, wann sich ein Unwetter zusammenbraut. Kein Zweifel, ein Gewitter liegt in der Luft. Bald wird es sich entladen, das sagen ihm die Pfeile, die Bustianu mit den Augen abschießt. »Ich wollte Ihnen nur die Information bringen, um die Sie mich gestern gebeten haben«, sagt Poli nach einer Weile. Augenblicklich hellt sich Bustianus Miene auf, und er lässt sich auf den Stuhl zurücksinken, der für ihn eigentlich zu klein ist. »Aber zuerst möchte ich wissen, was Sie mit dieser Geschichte zu tun haben.«

»Gar nichts, wenn Sie mich so fragen, reine Neugier«, gibt Bustianu gereizt zurück.

Poli lässt das durchgehen. »Es ist so, wie ich dachte: Die Seddone wurde in der Gegend von Cucullìo gefunden.«

»Cucullìo«, wiederholt Bustianu und verzieht den Mund. Poli weiß, das bedeutet Skepsis.

Hinter dem Tresen dampft die neue Kaffeemaschine, und Poli hebt die Hand, um den Kellner heranzuwinken.

Bustianu schüttelt den Kopf, wie immer wenn er Selbstgespräche führt. »Cucullìo«, knurrt er. »Cucullìo ist nicht Bòrore. Und wann hat man sie gefunden?«, fragt er, als der Kellner an den Tisch kommt.

Poli lässt sich Zeit mit der Bestellung, weitere Zeit vergeht, bis Bustianu entschieden hat, was er trinken will. »Die Seddone wurde vor zwei Wochen gefunden«, antwortet der Maresciallo schließlich, obwohl er eben noch so getan hat, als hätte er die Frage gar nicht gehört.

»Vor zwei Wochen in Cucullìo, genau zu dem Zeitpunkt also, als Euch die Bande von Mariani um Haaresbreite entwischt ist.«

»Um Haaresbreite«, bestätigt Poli. »Das Mädchen ist einer Vendetta zum Opfer gefallen. Ihr Bruder Mario hatte Streit mit Mariani ...«

»Ja, ja, diesen Teil der Geschichte kenne ich ...«, wirft Bustianu ein und trinkt seinen Fernet.

»Jedenfalls sollten Sie sich in Acht nehmen mit solchen Reden, vor allem bei Gericht«, fährt Poli fort und schließt damit den Kreis.

»Ich muss mich nicht in Acht nehmen.« Bustianus Gesicht verfinstert sich. »In Acht nehmen müssen sich die, die sich diese Sondergesetze ausdenken, Maresciallo.«

»Jedenfalls ist die Lage kritisch, Avvocato, und das wissen Sie genau.«

»Natürlich weiß ich das, aber man kann das Problem nicht dadurch lösen, dass man Kinder vor Gericht stellt.«

»Vielleicht ist diese Methode wirklich übertrieben, glauben Sie ja nicht, dass mir das Spaß macht, aber ein paar Resultate hat sie immerhin schon gebracht: Erst gestern haben sich zwei Gesuchte gestellt.«

»Ja dann, meinen Glückwunsch. Aufrichtigen Glückwunsch.«

Auf diese Bemerkung, die offenbar als Abschiedsgruß gemeint ist, antwortet Poli mit einem Kopfnicken und kratzt genüsslich den Zuckersatz aus der Kaffeetasse, während Bustianu sich zwischen den dicht stehenden Tischen hindurchzwängt.

Am Nachmittag trifft er sich mit Clorinda. Sie haben sich oben auf dem »Sempre caro« verabredet, Bustianus Lieblingsplatz hoch über der Stadt. Dort treffen sie sich. Bustianu mag es, wenn sie neben ihm atmet, er mag es, wenn sie nach seiner Hand sucht und sie drückt. Er mag das Kopftuch, das ihr Gesicht beschattet und ihm einen nachdenklichen Ausdruck verleiht. Manchmal unterhalten sie sich: Bustianu erzählt wenig von sich, Clorinda dagegen spricht mit ruhiger Stimme, als wäre ein Monolog ebenso gut wie ein Dialog. Unter ihnen schlummert das Tal, die Felder schreien nach Wasser und nach dem Pflug, in den Weinbergen wimmelt es von Insekten. Eigentlich findet Clorinda den Ort zu versteckt, wie eine Metapher dessen, was Bustianu für sie empfindet. Eigentlich möchte sie ihm sagen, dass sie ihre Gefühle am liebsten vor aller Augen ausleben würde; deshalb hebt sie den Kopf, aber die Sonne ist von einem dünnen Schleier verhüllt.

»Wann sehen wir uns wieder?«, fragt Clorinda, ohne den Kopf zu senken, während ein paar Wolken sich eigensinnig vor die Sonne schieben und Schatten werfen.

Bustianu schaut auf seine Hand, die Clorindas Hand drückt – eine Taube in den Krallen eines Raubvogels.

»Was machst du mit mir?«, fragt er.

Clorinda lächelt.
Von unten erhebt sich ein Windhauch.

»Doch, doch, das ist die Stelle!« Zenobi schwört es bei seinen Vorfahren. Er hat sich bei vertrauenswürdigen Leuten erkundigt. Bustianu sieht sich um. »Bist du sicher? Nicht dass wir an der falschen Stelle suchen und bloß unsere Zeit verschwenden.« Zenobi ist fast beleidigt: Das ist die Stelle, da wurde sie gefunden. Oben auf dem kahlen Grat hatten die Carabinieri Stellung bezogen, während unten in der Schlucht Mariani mit seinen Männern Halt machte, um die Pferde grasen zu lassen. Als die Schießerei begann und die Ordnungskräfte einen Kugelhagel abfeuerten, der sich gewaschen hatte, suchten die Banditen unten in der Schlucht Deckung und flüchteten in eine Höhle. Die Pferde ließen sie, wo sie waren.

»Mariani soll also mit vier Männern losgeritten sein, um ein Mädchen umzubringen, das in der freien Natur nach Zichorie suchte – wie soll das zugegangen sein? Hatte er das etwa vorher angekündigt? Hatte er an den Kommandanten der Kaserne persönlich geschrieben? Passt auf, ich reite nach Cucullìo, um Elène Seddone zu ermorden, die dort nach Kräutern sucht?«

Ungläubig verzieht Bustianu das Gesicht. Zenobi versteht ihn nicht. Mit großen Schritten durchstreift Bustianu das Gelände, alles voller Rutenkraut und Brombeeren. »Hör zu, die Geschichte stimmt hinten und vorne nicht. Für einen Hinterhalt ist das Gelände vollkommen ungeeignet, von der Stelle, wo sich die Carabinieri angeblich befanden, kann man nicht einmal den Eingang zur Höhle sehen. Also?« Zenobi stutzt. »Also ist das nicht die richtige Stelle. Wenn Mariani tatsächlich hier war, dann aus anderen Gründen. Und wenn die Carabinieri hier waren, dann auch aus anderen Gründen. Siehst du hier irgendwo auch nur eine Patronenhülse?« Zenobi sieht keine. »Sie haben geschossen, was das Zeug hielt, und nicht eine einzige Patronenhülse?«

»Aber das ist die Stelle«, behauptet Zenobi hartnäckig.

»Wie viele Tage sind seit dem Hinterhalt vergangen?«

»Zwanzig«, murmelt Zenobi, »seither sind zwanzig Tage vergangen.«

»Hat es geregnet?«

»Nein.«

»Ist das Gebiet windgeschützt?«

»Ja.«

»Und keine einzige Spur, keine Schramme im Felsen, keine Patronenhülse? Kein einziger abgeknickter Zweig? Und außerdem, wer hat die arme Seele gefunden? Die Carabinieri? Nein, nein, hier stimmt was nicht.«

Zenobi denkt nach, so leicht gibt er sich nicht geschlagen. »Wenn die Frau bedroht war, wurde sie vielleicht überwacht. Vielleicht waren die Carabinieri ihr Gott weiß wie lange gefolgt, bis sie schließlich irgendwann auf Mariani stießen.«

»Hm, schöne Geschichte, Mariani droht der Schwester, weil er Streit mit dem jüngeren Bruder hat ...«

»Streit hatte er mit der ganzen Familie«, stellt Zenobi fest.

»Dann ist ja alles noch viel einfacher: Die Carabinieri haben sich an alle Mitglieder der Familie Seddone gehängt. Wie viele Seddones gibt es, zwanzig, dreißig, hundert? Womöglich haben sie gelost und mit Elène einen Volltreffer gelandet. Aber hast du je davon gehört, dass Mariani eine Frau getötet hat?« Nein, Zenobi hat nie davon gehört, niemand hat je davon gehört, außer den Carabinieri. »Also?« Nachdenklich kaut Zenobi an einem Grashalm, wie früher als Kind. »Also ist das nicht die richtige Stelle. Aber wir haben keine Zeit, nach Bòrore zu reiten«, überlegt Bustianu weiter.

»Nach Bòrore?«, fragt Zenobi. »Warum denn das?«

»Ich weiß schon, warum, ich weiß genau, warum, aber es ist zu spät, in ungefähr drei Stunden wird es dunkel.«

»Was ist denn in Bòrore?«

»Ach nichts, gar nichts.«

Als sie zu den Pferden zurückgehen, die ein Stück hangabwärts grasen, starrt Zenobi ausdruckslos vor sich hin, er ist ungehalten, weil Bustianu alles für sich behält; dabei fände sich bestimmt für alles eine Erklärung, wenn er nur wüsste, was Cagnara gesagt hat. Genau, das ist der springende Punkt. Während er Minettas Mähne streichelt, als wollte er sie auf ihren Herrn vorbereiten, fragt Zenobi, was Cagnara ihm eigentlich erzählt hat. Vielleicht hätte Bustianu ihm sogar geantwortet, doch ein Knall hält ihn davon ab, und bevor er piep sagen kann, hat Zenobi das Gewehr gezogen und zielt auf einen wilden Birnbaum: rechts und links vom Stamm tauchen zwei erhobene Hände auf. »Ich bin's, ich bin's doch nur.« Zenobi senkt das Gewehr, und zum Vorschein kommt der Kopf von Maresciallo Poli.

»Das ist doch zum Verrücktwerden!«, brüllt Poli, als hätte er es tatsächlich mit zwei Verrückten zu tun. »Und das von Ihnen, Avvocato! Ich hätte nie gedacht, dass jemand wie Sie ...«

Bustianu verzieht keine Miene. »Wieso?«, fragt er. »Ist es jetzt auch schon verboten, einen Ausflug aufs Land zu machen?«

Missbilligend mustert Poli Bustianu wie einen aufsässigen Rekruten, und Zenobi beäugt er lauernd aus den Augenwinkeln. »Ein Ausflug! So, so. Ein bisschen Respekt, bitte ich mir aus. Ich lasse mich doch nicht an der

Nase herumführen: Sie und ich, wir wissen doch genau, was dieser Ausflug zu bedeuten hat.«

»Wer weiß«, erwidert Bustianu ironisch und wendet sich an Zenobi. »Vielleicht hattest du doch Recht, vielleicht folgen die Carabinieri allen möglichen Leuten.«

»Machen Sie sich nur lustig, aber vergessen Sie nicht, dass ich eine Amtsperson bin ...«

»Das vergesse ich nicht«, antwortet Bustianu trocken. »Das vergesse ich nie.«

»Ich wusste doch gleich, dass da irgendwas dahinter steckt ... Dieses ganze Gerede über den Fundort der toten Frau ... Na? Wofür halten Sie mich eigentlich, für einen Einfaltspinsel? Treiben Sie es nicht zu weit, Avvocato, ich bin lieb und nett, aber alles hat seine Grenzen!«

»Hören Sie, Maresciallo, dieser Ton gefällt mir überhaupt nicht. Also entweder Sie sagen jetzt, was Sie zu sagen haben, oder Sie lassen uns nach Hause reiten.«

»Weshalb sind Sie hier, was wollen Sie hier?« Poli versucht, sich zu beherrschen. Aber er ist so ungehalten, dass er sich in die Brust wirft und die Uniform sich aufbläht.

»Das wissen Sie doch«, antwortet Bustianu. »Sie haben doch alles gesehen und gehört.«

Poli kneift die Augen zusammen, als hätte er etwas gehört, das er eigentlich nicht hören wollte. Eigentlich müsste Bustianus undurchdringliche Miene ihn kalt lassen, eigentlich, aber er schafft es nicht, es ist stärker als er. Wo er ihn doch kennt und weiß, dass er zur Bronzestatue erstarrt, wenn er nur will. Er weiß es, aber er schafft es nicht, sich zusammenzureißen. »Ich, ich weiß gar nichts ... Sie müssen es mir schon sagen!«, platzt es aus ihm heraus. Aber der gebieterische Ton ist verflogen und einer Art Flehen gewichen.

»Ich weiß nur eins: Wenn Sie hier sind, dann gibt es dafür einen ganz bestimmten Grund.«

»Was wollen Sie damit sagen?«

Die beiden stehen neben den ruhig atmenden Pferden. Zenobi starrt auf den Boden, als wäre er damit beschäftigt, die Grashalme zu zählen.

»Keine Ahnung, vielleicht wissen Sie selbst nicht so genau, was es mit der so genannten Schießerei auf sich hat, die hier vor drei Wochen stattgefunden haben soll. Obwohl Sie eigentlich darüber Bescheid wissen müssten.«

Poli windet sich. Offensichtlich muss er erst tief durchatmen, bevor er antworten kann. »Wenn das, was ich Ihnen jetzt sage, nach außen dringt«, flüstert er schließlich und sieht dabei drohend zu Zenobi hinüber, »dann, das schwöre ich bei allem, was mir lieb und teuer ist, dann bringe ich Sie in Schwierigkeiten, Avvocato.«

Bustianu verzieht keine Miene. »Wollen wir uns nicht setzen?«, schlägt er vor und zeigt auf einen flachen Stein im Schatten. Sie setzen sich nebeneinander, sodass sie sich nicht ansehen müssen. Zenobi hat sich in Luft aufgelöst, ist Teil der Landschaft geworden wie ein Myrtenbusch.

»Ich bin erst letzte Woche aus der Toskana zurückgekehrt«, beginnt Poli. »Von der ganzen Sache weiß ich nicht mehr als Sie. Was mich jedoch stutzig macht, ist, dass man selbst beim Kommando in Nuoro nichts davon weiß. Keiner von den Kollegen, mit denen ich gesprochen habe, war bei der Aktion dabei, und in der Kaserne kursiert das Gerücht, dass alle, die an dem Einsatz beteiligt waren, direkt aus Cagliari gekommen sein sollen.«

»Mit einem Wort, man hat euch übergangen«, folgert Bustianu.

»Es sind Verhandlungen im Gang«, wirft Zenobi ein, der plötzlich wieder hinter ihnen aufgetaucht ist.

Poli schweigt eine Weile. »Daran habe ich auch schon gedacht«, räumt er schließlich ein.

»Verhandlungen?«, fragt Bustianu aufgebracht.

»Die Frage der öffentlichen Ordnung ist von großer Bedeutung, Avvocato, deshalb ist man in Rom in dieser Beziehung auch nicht besonders zimperlich.«

»Das haben wir schon zu spüren bekommen.«

»Das haben Sie doch selbst gesagt, nicht wahr? Neulich vor Gericht. Mit der Razzia im letzten Jahr hat die neue Saison begonnen ...«

»Die große Treibjagd«, sagt Zenobi, mehr zu sich selbst als zu Bustianu und Poli.

Poli nickt. »Vierhundert Personen wurden festgenommen.«

»Vor allem Frauen und Minderjährige. Vollkommen willkürlich. Ohne Beweise, ohne den geringsten Rechtsbeistand ... Eine schöne Saison, als Frühling würde ich das nicht gerade bezeichnen. Vor allem wenn man auf der einen Seite demonstrativ gegen das Banditenwesen vorgeht und auf der anderen ausgerechnet mit diesen Banditen verhandelt.«

»Aber man muss doch realistisch sein, das ist der Punkt; wenn einer zur Zusammenarbeit bereit ist und das Hauptziel darin besteht, die Ordnung wiederherzustellen ...«

»... dann kann man ruhig seine Seele verkaufen, meinen Sie das?«

Poli muss lachen. »Mein lieber Avvocato, seit wann haben Politiker eine Seele?«

Er hat es schon immer gewusst. Schon als Kind hat er gewusst, dass ein Fluch auf ihm lag. Als ihm die Kindheit unter den Füßen weggezogen wurde und er plötzlich in der Luft hing, in jenem Nichts, das die Adoleszenz ist, da hat er begriffen, dass das, was als Gnade daherkam, sich als Fluch erweisen würde. Er weiß es. Er braucht bloß die

Dinge in seiner Umgebung zu betrachten und den Menschen, die um ihn sind, ins Gesicht zu sehen. Er braucht bloß ein Flüstern, ein Jammern, ein Lachen, ein Weinen zu hören. Schon als Jugendlicher, kaum den Kinderschuhen entwachsen, hat er begriffen, dass es ihm unmöglich sein würde, sich den Zeitläuften geduldig unterzuordnen; denn in dieser pubertären Ruhe schlummerte ein Unbehagen, das nach einem Ventil suchte. Sein Körper reifte von selbst, wurde kompakt und mächtig, ebenso wie die ersten Barthaare, die als dunkler schmaler Schatten auf der Oberlippe sprossen. Doch in allem anderen musste er diesen Fluch bis ins Letzte durchleben. In der Schule bekam dieser Fluch einen Namen: Neigung zum Spekulieren. Das bedeutete Einsamkeit, und allzu oft fühlte er sich unverstanden. Doch das war nichts Neues, das war ihm geläufig. Das kannte er nur allzu gut. Selbst jetzt, mit beinah dreiunddreißig Jahren, hat er immer noch damit zu kämpfen. Bei dem Gedanken daran wird er stoisch. Stoisch wie ein Toter. Stoisch wie ein Arzt, der einem Todkranken mitteilen muss, was dieser schon längst weiß, und dennoch mit ruhiger, fast tonloser Stimme spricht, beinah liebenswürdig. Als würden sie sich am nächsten Tag wiedersehen, und auch am Tag danach, dabei bleiben dem Patienten nur noch ein paar Minuten. So redet Bustianu mit sich selbst, ohne Starrsinn, mit der Umsicht dessen, der die richtigen Worte finden muss, den richtigen Ton. Denn am Ende geht es um Worte, immer geht es um Worte. Aber auf dem Papier zählt nur, was man mit dem ganzen Körper wahrnimmt, bis zur Erschöpfung, bis zur Offenbarung, die eigentlich auf Kombinationsvermögen beruht. Mit Zauberei hat das nichts zu tun, auch wenn Raimonda meint, er spreche mit dem Teufel. Eine Rolle spielt dabei auch die Passivität, mit der er sich den Erinnerungen aussetzt, denn sie macht ihm immer wieder das Ausmaß seiner Krankheit deutlich. Dann steht er auf und schreibt, wie immer. Wie immer wirft er bei Kerzenschein etwas aufs Papier, beliebige Sätze über Himmel und Erde, über die Liebesgefühle, die in seinem Körper eingesperrt sind und stummes Leid verursachen, über die Stimmen, diesen lautlosen Chor, über das Blut, das hervorquillt, wenn der Sonnenuntergang das Herz durchbohrt, und über die Menschen als Rufer in der Wüste ... Danach wird man weitersehen, einstweilen schlägt die Behandlung an, das Schreiben geht ins Blut. Auch diese Nacht wird man überleben.

Die Nacht vergeht. Der Morgen bricht an.

Poli wartet, er ist zu früh dran. Ohne Uniform wirkt er irgendwie kleiner, dabei ist er nicht klein, im Gegenteil, er ist so groß, dass sein Kopf die Kruppe des Pferdes überragt. Mager ist er, das schon, und vielleicht ist das auch der Grund, warum er ohne Schulterstücke und Schnurbesatz aussieht wie ein Schüler. Bustianu und Zenobi kommen gemeinsam. Um lange Vorreden zu vermeiden, steigt Poli gleich auf. Zu dritt traben sie los.

Die Straße nach Bòrore ist wie eine Schlange, die sich häutet, wie ein Schnürsenkel, der auf die Ebene geworfen wurde. Tonnenschwer lastet die Luft auf der gequälten Erde, die wilde Olivenbäume und dichtes, fettes Gestrüpp hervorbringt. Es ist noch früh am Morgen, der Mai neigt sich dem Ende zu, und es ist bereits warm. Vom Sattel aus gleicht die Erde einem staubigen Ziegenfell, und im Profil sieht die Bergkette aus wie eine vom Rost zerfressene Pflugschar.

Eine Stunde lang reiten Poli, Bustianu und Zenobi, ohne ein Wort zu sagen. Eine weitere Stunde verstreicht, und noch immer haben sie nicht miteinander gesprochen.

Bustianu reitet ein paar Meter voraus.

Zenobi lässt sich absichtlich etwas zurückfallen, um das Gelände bis zum Horizont im Auge zu behalten. Bald wird die Vegetation dichter, bald strecken die Mandelbäume raumgreifend ihre Äste aus, Zenobis Blick ist glasig wie bei einem Schäferhund. Poli leidet unter der Hitze, den ganzen Weg hat er ein Taschentuch unter dem Hut, um den Hals vor der Sonne zu schützen. Doch als sie endlich die Bäume erreichen, spürt er nicht die erwartete Abkühlung, im Gegenteil, er wird von einer Unruhe erfasst, zu der die verdammten Grillen und das warme Säuseln des Schirokko die Begleitmusik spielen. Wenig später gelangen sie in einen Mischwald aus Mastix, rotem Wacholder und wilden Oliven. Irgendwo muss auch ein Bach sein. Der Kontrast zu der Landschaft davor könnte nicht größer sein, sodass sie sich vorkommen wie in einer anderen Welt. Selbst das Grün scheint hier grüner, und dieses Grün ist übersät mit den leuchtend violetten Tupfern wilder Orchideen. Dann bemerken sie den Gestank. Poli, Bustianu und Zenobi sehen sich an, aber keiner wagt, etwas zu sagen, schweigend versuchen sie herauszufinden, woher der Gestank kommt. Das ist doch nicht möglich, wie kann es in einem Paradies nach Hölle riechen?

Als sie absteigen, wird es endlich kühler, die Schatten werden dichter, doch auch der Gestank wird penetranter.

»Wenn ich recht verstanden habe, dann ist das die Stelle, wo Cagnara sie gefunden hat«, sagt Bustianu.

Sie schwärmen aus, um das Gelände weiträumig zu erkunden, bleiben aber auf Sichtweite. Sie entdecken den Bach, und sie entdecken einen Durchgang im Felsen.

Dahinter, an dieser unzugänglichen Stelle, ist alles wie verzaubert, zu kristalliner Klarheit erstarrt. Abgestorben, in Verwesung übergegangen, ein totes Eibenwäldchen, unfassbar. Bustianu hebt den Kopf, zwischen den Baumwipfeln blitzt ein Stück zauberhaftes Blau auf. »Hört ihr das?«, fragt er Zenobi und Poli, die wie Wildschweine mit der Nase auf dem Boden Millimeter für Millimeter das Gelände absuchen.

Poli dreht sich als Erster um. »Was denn? Ich höre nichts, ich rieche nur den Gestank.«

Bustianus Gesicht verfinstert sich, unwirsch gibt er

ihm mit der Hand zu verstehen, er solle schweigen. »Nein, ich meine nicht den Gestank«, sagt er nach einer Weile. »Ich meine die Stille. Hört ihr nicht, wie still es ist?«

Bleischwer senkt sich die Stille herab, als hätte sie hinter den Felsen gelauert, um sich plötzlich auf sie zu stürzen. Es ist totenstill, nichts rührt sich, kein Schatten, kein Lebewesen, kein Baumwipfel. Eigentlich ist das ein Revier für Marder und Rebhühner, das sieht man, und ein Himmel für Eichelhäher und Wanderfalken. Eigentlich müsste man einen Specht hämmern hören. Stattdessen Stille, tiefe Stille. Doch wie nichts sagend und unangemessen erscheint ihnen dieses Wort. Noch nie war ihnen so klar wie in diesem Augenblick, dass die Bezeichnungen der Dinge, ob abstrakt oder konkret, reine Konvention sind, denn um das Unsägliche, diese Mischung aus Tod, Verstummen, Fassungslosigkeit und Grauen zu beschreiben, hätte man ein Wort von geradezu physischer Wucht gebraucht.

Sie schweigen, ein nervöses Schweigen. Mit Adleraugen erforschen sie das Gelände. Zenobi ist verschwunden, vermutlich in Richtung Bach. Bustianu durchwühlt die Erde am Fuß eines Felsens, ein paar Meter weiter stochert Poli im Gras. Bustianu ist gerade dabei, mit einem Ast die Oberfläche eines Felsens abzukratzen, als Poli aufschreit. Der Maresciallo hat etwas gefunden, einen sonderbaren Gegenstand, besser gesagt, ein Stück eines sonderbaren Gegenstandes: Es sieht aus wie eine Spiegelscherbe, von einem blinden Spiegel, der nicht mehr reflektiert. Bustianu schaut auf, als Poli zu ihm kommt.

»Sehen Sie mal hier«, sagt der Maresciallo und zeigt ihm die Scherbe. Bustianu hält sein Stöckchen in die Luft, während er auf Polis Handfläche starrt.

»Was ist denn das?«, fragt er.

Poli zuckt die Achseln. »Keine Ahnung. Jedenfalls ist es merkwürdig, dass so etwas, was immer es auch sein mag, hier herumliegt«, folgert er.

Das findet Bustianu auch. »Und das hier?«, fragt er und zeigt auf sein erhobenes Stöckchen.

Der Maresciallo betrachtet es ausgiebig. »Was ist das? Farbe?«

Bustianu nickt. »Gelbe Farbe, die hat jemand von dem Felsen abgekratzt. Diesen Rest hier habe ich in einer Spalte gefunden.«

Sie sehen sich an. Gerade will Poli etwas sagen, als Zenobi auftaucht und ihm zuvorkommt. »Ich habe etwas gefunden, das müsst Ihr Euch ansehen«, sagt er.

Gut fünf Minuten gehen sie hinter Zenobi her, der eilig ausschreitet. Sie wissen weder, wohin er sie führt, noch, was er ihnen zeigen will, doch nach seinem Tonfall zu urteilen, muss es etwas Wichtiges sein. Der Anblick, der sich ihnen bietet, lässt sie erschaudern.

Unter Führung von Zenobi haben sie den Bach rechts liegen lassen, eine Macchia mit Holundersträuchern durchquert und sind nun an einer Stelle, die aussieht wie der Eingang zu einer Höhle.

Zenobi geht als Erster hinein. Eigentlich ist es keine Höhle, sondern ein trichterförmiger Schacht im Felsen, in den von oben schwaches Licht fällt. Was ihnen dort entgegentritt, ist der Tod. Was sie sehen, sind Kadaver, ein blutiger Haufen Kadaver. Tot sind die Wildschweine, tot die Raben, die an ihnen gefressen haben. Auch Taubenfedern, Wieselfell und Hasenfratzen sind in diesem Brei zu erkennen. Hier ist alles aufgetürmt, was dieses Fleckchen Erde mit Geräuschen hätte erfüllen können, und all das ist endgültig zum Schweigen gebracht.

Vom Grausen gepackt, weicht Bustianu zurück, und Poli, als fürchtete er, als Nächster an der Reihe zu sein, tut es ihm nach. Zenobi ist wie versteinert. Falls er je erzählen sollte, was er hier gesehen hat, würde er wohl unumwunden zugeben, dass dieser Anblick ihm die Tränen in die Augen getrieben hat. Als sie den steinernen Bauch, der Hunderte von Tieren zu verdauen hat, verlassen haben, verharren sie lange reglos und schweigend, als könnte dieses Stillhalten dem, was sie gesehen haben, etwas entgegensetzen. Als ließe sich dieses Gemetzel ungeschehen machen, wenn man nur wort- und reglos verharrt.

Bustianu setzt sich und bricht das Schweigen. »Eins ist sicher«, sagt er mit leiser Stimme, »all diese Tiere sind nicht von alleine dorthin gekommen.«

Poli nickt. Er starrt auf seine Hand, auf die spitze Scherbe, die er die ganze Zeit fest umklammert hat, auf die Schnittwunde, die sie hinterlassen hat, und auf das Blut, das daraus fließt. »Was ist hier bloß passiert?«, fragt er. Er erwartet keine Antwort, er will nur sichergehen, dass er überhaupt noch sprechen kann.

Zenobi sieht aus wie einer, der im Begriff ist, zu töten, das Gesicht primitiv, der Blick brutal, als hätte es Jahrhunderte der Evolution nicht gegeben. Er atmet heftig, ballt die Fäuste und schüttelt sie drohend, dann reißt er den Mund auf, wie um zu schreien …

Die schaukelnde Bewegung des Pferdes wirkt beruhigend, aber um sich herum, außerhalb seiner selbst, nimmt Bustianu etwas wahr, dem er sich nie hat stellen wollen. Vielleicht liegt darin die wahre Ursache für seinen Fluch. Er hat es nicht bewusst getan, das war keine systematische Verdrängung. Vor Gericht hätte er in einem solchen Fall behauptet, die betreffende Person sei nicht zurechnungsfähig. Doch paradoxerweise hat gerade dieses fehlende Bewusstsein, dieses schlagartige Auftreten der Krankheit ihm zu der Erkenntnis verholfen, dass das Böse ein Gewicht hat, ein Gewicht, das viel schwerer auf der Erde lastet als die Leichtigkeit des Guten. So einfach war das, beängstigend einfach. Als hätte er im Gerichtssaal nie im Bösen gewühlt wie ein Schwein. Da muss ich erst dreiunddreißig werden, sagt er sich, während Minetta ihn sanft hin und her wiegt wie eine ruhige Dünung, um noch einmal ganz von vorne anzufangen. Wie ein Neugeborenes, das gerade erst aus dem Bauch der Mutter geschlüpft ist.

Das schabende Geräusch der Hufe auf dem Pflaster sagt ihnen, dass sie wieder in der Stadt sind.

Bei Istiritta trennen sie sich, ohne sich groß zu verabschieden: Poli reitet zur Kaserne, Zenobi nach Hause, und er …

… Er weiß nicht, weshalb er dort ist, und zugleich weiß er es doch.

Vielleicht hat er schon seit langem mit dem Gedanken gespielt, vielleicht ist es eine Reaktion auf das Grauen, das er in Bòrore erlebt hat. Er war schon auf dem Weg nach Hause, als ihm plötzlich klar wurde, dass das unmöglich war, es ging nicht, so durfte dieser grauenhafte Tag nicht enden, er sollte mit dem Leben enden. Er hat genau gespürt, dass er jetzt nicht nach Hause konnte. Also hat er die Zügel herumgerissen, obwohl Minetta sich sträubte, die Richtung zu ändern, als wollte sie ihm zu verstehen geben, dass er sich irrte. Doch Bustianu hat seinem Befehl mit der Ferse Nachdruck verliehen. Und jetzt ist er da.

Er öffnet das Tor und reitet hinein.

Der Innenhof blinkt friedlich. Eine rustikale Wohltat aus geschrubbten Steinen, regelmäßig gegossenen Pflanzen,

Werkzeug, das nach jedem Gebrauch sorgfältig gereinigt und eingefettet wird. Selbst die Katze, die auf der Steinbank schläft, ist strahlend weiß und federleicht wie eine Pusteblume. Alles strahlt Wärme und Frieden aus. So etwas Friedliches hat er niemals zuvor gesehen, noch nie.

Seine Lippen beben, ein Entzücken streicht ihm über den Nacken wie bei einem Kind, das sich in die Arme der Mutter schmiegt.

Francesca bemerkt ihn zuerst, ihr mageres Gesicht erscheint am Fenster. Mit leerem Blick öffnet sie den Fensterflügel und lehnt sich hinaus. Avvocato, sagt sie, jedoch ohne Begeisterung, wie zu sich selbst. Wenig später taucht Clorinda hinter ihr auf. Bustianu sagt nichts, nicht einmal einen Gruß. Clorinda gibt ihm zu verstehen, dass sie zu ihm hinunterkommt. Francesca schließt das Fenster und zieht die Gardine vor. Das ist alles.

Als Clorinda vor die Tür tritt, ist Bustianu schon abgestiegen. Sie stellt keine Frage, sieht ihn nur mit leicht hochgezogenen Augenbrauen an.

»Hast du etwas für die Stute?«, fragt er.

Ohne zu antworten, geht Clorinda hinter das Haus. Der Geist von Francesca erscheint hinter der Gardine. Bustianu hebt die Hand an den Hut. Der Schatten verschwindet.

Minetta blickt sich um, als wüsste sie, dass Clorinda bald zurückkommt, und tatsächlich: Da ist sie schon. Sie trägt zwei Eimer, in einem ist Hafer, im anderen Wasser.

»Man müsste sie trocken reiben, aber das mache ich später. Jetzt möchte ich sie erst mal hier lassen«, sagt er.

»Du weißt, dass ich nicht allein bin. Ich muss erst mit meiner Schwester reden«, erwidert sie. Dann fügt sie hinzu: »Sattel das arme Tier schon mal ab, hol eine Decke aus dem Stall da hinten und leg sie ihr über, sie ist ja ganz verschwitzt.«

»Danach kommst du mit zu mir, Clorinda Pattusi«, verkündet Bustianu.

»Ich gehe hinein, dann sehen wir weiter. Du wartest hier, ich sage dir Bescheid, wenn du ins Haus kannst«, erwidert sie.

Wenig später schlüpft Francesca mit gesenktem Kopf durch das Tor, und er weiß, dass er nun eintreten kann. Dabei sieht sie ihn eindringlich an, nicht grollend oder missbilligend, sondern eher drohend: Was er vorhat, das wird Konsequenzen haben. Dennoch grüßt sie ihn, aus Respekt, mit einem Kopfnicken, bevor sie in der Gasse hinter dem Tor verschwindet. Bustianu wartet noch einige Augenblicke vor der angelehnten Tür, dann zieht er die Handschuhe aus und tritt ein.

Als er die Augen aufschlägt, ist er allein. Draußen ist es dunkel geworden. Auf einem Korbstuhl neben der Kommode liegen sorgfältig gefaltet seine Kleider. Mit einem Ruck setzt er sich auf und lehnt sich an das Kopfteil des schmiedeeisernen Bettes. In diesem Moment kommt Clorinda herein, sie ist sorgfältig gekleidet, in Hut und Mantel, fertig zum Ausgehen. Sie bleibt vor ihm stehen. »Francesca wird gleich zurück sein«, verkündet sie.

»Ja«, sagt Bustianu und zieht das Laken über die Brust, »ich nehme dich mit zu meiner Mutter, und was geschehen muss, geschehe.«

»In Ordnung«, sagt sie. »Aber auf dem Weg zu dir gehen wir über den Corso.« Dann verlässt sie das Zimmer, damit er sich in Ruhe ankleiden kann.

drei

Die anderen Toten finden Frieden:
Ich aber bin ein Toter mit offenen Augen!

Sebastiano Satta,
»Pastore«, in: *Canti barbaricini*

Eine Woche lang wird in Nuoro von nichts anderem geredet.

Lang und breit erzählt Tzia Badora Forrafocu, wie die Pattusi, die hübsche, nicht die hässliche, ihn an sich gedrückt hat, den Avvocato, vor aller Welt, mitten auf dem Corso, aber nicht einfach nur so, bloß um Aufsehen zu erregen, damit ja jeder weiß, dass sie ein Verhältnis haben! Und aufgeputzt war sie, wie eine große Dame vom Kontinent, da sieht man doch gleich, was die sich einbildet auf die gute Partie, die sie da ergattert hat. Die, die hat ihr Glück gemacht, die kann der Jungfrau auf Knien danken, das Schicksal hat es gut mit ihr gemeint. Hübsch ist sie ja, verdammt hübsch. Und immer gut angezogen, da kann man nichts sagen. Aber ein bisschen überheblich ...

Sogar Pietro Mastino mustert Bustianu so eingehend, als sähe er ihn zum ersten Mal. »Ist das wahr, was man so hört?«, fragt er.

Bustianu zuckt die Schultern. »Wieso, was hört man denn so?«, fragt er zurück.

»Über dich und ...«, antwortet Mastino mit gesenkter Stimme.

»Über mich und wen?« Bustianu spielt den Ahnungslosen.

»Schon gut«, lenkt Mastino ein. »Hauptsache, du meinst es ernst, schließlich bist du nicht mehr der Jüngste. Was willst du trinken?« Bustianu ist unschlüssig, Mastino muss grinsen. »Und wer weiß, vielleicht tut es dir auch gut, in letzter Zeit warst du wirklich unausstehlich ...«

... Ich meine, die Sache ist ja nicht neu, es wird doch schon

lange gemunkelt, dass die beiden was miteinander haben, nur seine Mutter, Tzia Remunda, die sieht das überhaupt nicht gern, eine Pattusi als Schwiegertochter, auch wenn's die hübsche ist, die kommt ihr nicht ins Haus, das wäre ja noch schöner, aber er, er hat nicht lange gefackelt und sie einfach mitgebracht, ohne große Vorankündigung. Alt genug ist er ja, soll er vielleicht an Mutters Rockzipfel hängen, bis er alt und grau ist? Aber Tzia Remunda, die hat ihren eigenen Kopf, und als Clorinda Pattusi plötzlich vor ihr stand, hat sie doch tatsächlich kein Wort mit ihr geredet, das war vielleicht ein Skandal …

»Willst du dich nicht setzen, du siehst wirklich elend aus, na ja, wenn man die Sensation des Monats ist …«

Bustianu setzt sich und bestellt ein Gläschen Wein. »Ach, lass mich doch in Ruhe mit deiner Sensation. Als wenn es keine anderen Probleme gäbe.«

»Wieso?«, fragt Mastino. »Was für ein Problem hast du denn?«

»Ach, nichts … Nur eine Sache, die mir nicht einleuchtet …«

»Du machst dir doch nicht etwa Sorgen wegen der Geschichte mit deiner Verlobten? Lass die Leute ruhig reden, du weißt doch, wie das hier läuft …«

»Ach was, das interessiert doch keinen. Nein, es geht um etwas ganz anderes, um Elène Seddone, die Frau, die letzten Monat tot aufgefunden wurde.«

»Die aus Cucullìo?«, fragt Mastino.

»Die aus Cucullìo«, bestätigt Bustianu lustlos.

»Ach, die Geschichte, was hast denn du damit zu tun? Der Fall ist doch abgeschlossen … Mariani war's, diese Bestie …«

… Dazu ist sie zu stolz, sie hat einfach ihre Sachen gepackt und ist zu dem anderen Sohn gezogen, Schluss, aus. Und er, so heißt es, er hat nicht einmal versucht, sie aufzuhalten, er ist ja

genauso, in dieser Beziehung steht er seiner Mutter in nichts nach. Angeblich wechseln sie kein Wort mehr miteinander, nicht mal grüßen sollen sie sich, und sie soll um ihn trauern, als wenn er tot wäre. Ein guter Mensch, der Avvocato, Gott bewahre, aber ein Dickschädel …

»Ein bisschen zu schnell abgeschlossen, wenn du mich fragst«, räsoniert Bustianu.

Mastino sieht ihn verärgert an. »Vorsicht, Bustià«, sagt er streng, »Feinde hast du dir in letzter Zeit schon genug gemacht, nicht zuletzt mit deiner Tirade gegen die Sondergesetze vor Gericht. Weißt du, theoretisch würde ich dir vielleicht sogar zustimmen, aber nur theoretisch, denn praktisch sieht die Sache ganz anders aus. In der Praxis geht es drunter und drüber, du weißt doch auch, was in den Gerichtssälen los ist, da geht es zu wie auf dem Jahrmarkt.«

»Mag sein, Pié, aber das hat nichts mit dem zu tun, was ich eigentlich sagen wollte. Es geht mir gar nicht um die Sondergesetze, ich wollte von dir nur wissen, ob du etwas über den Tod von Elène Seddone weißt.«

»Nur, was jeder weiß.«

»Dass es eine Schießerei gegeben hat und die Ärmste da hineingeraten ist?«

»Nein, dass es einen Hinweis gab, die Carabinieri aber nicht rechtzeitig zur Stelle waren.«

»Und die Leiche, wer hat die Leiche abgeholt?«

»Die Carabinieri, glaube ich, aber was soll die Frage?«

»Abgeholt und sofort begraben?«

»Woher soll ich das wissen, Bustià, war ich vielleicht dabei? Eben. Und weiter?«

»Nur damit du's weißt: Nicht einmal den Verwandten hat man die Leiche gezeigt, um sie identifizieren zu lassen.«

»Und woher weißt du das alles?«

»Ich weiß es eben …«

»Vielleicht konnte man sie niemandem zeigen, diese Leiche.«

»Genau. Das glaube ich auch.«

… Also, wenn ihr mich fragt, damit ist das letzte Wort gesprochen, ich kenne Tzia Remunda, die geht doch nicht zurück, nicht, solange ihr Sohn sich mit dieser Person abgibt. Obwohl die beiden ja nicht zusammenwohnen, sie wohnt weiter bei ihrer Schwester und er bei sich zu Hause, und ob sie jemals heiraten, wo er doch nicht in die Kirche geht …

Bustianu bestellt noch einen Wein, als könnte er so den neugierigen Blicken der Leute ausweichen. Mastino trinkt seinen Kaffee und lässt genießerisch die Zunge gegen den Gaumen schnalzen. Sie kennen sich von klein auf, aber jetzt belauert einer den anderen.

»Bustià, du führst doch was im Schilde.«

Bustianu geht nicht darauf ein, er starrt auf einen unbestimmten Punkt im Lokal.

Mastino kommt sich vor wie ein Vater, doch das war schon immer so: Er war der Vernünftige, der andere der Impulsive; er war gelassen, der andere ruhelos; er war zufrieden, der andere nicht. »Hör gut zu, denn ich sag's dir nur einmal«, setzt er schließlich an, und Bustianu wendet sich ihm zu. »Lass die Finger davon. Kapiert? Du hast selbst genug Probleme, da brauchst du nicht noch die der anderen.«

»Wenn du meinst, Pié, du wirst schon deine Gründe haben«, sagt Bustianu.

Eigentlich müsste Mastino den Empörten spielen, aber es gelingt ihm nicht, er bringt nur ein pikiertes Lachen heraus. »Soll das ein Witz sein?«, fragt er. Bustianu gibt keine Antwort. »Gründe? Was für Gründe denn? Gesunder Menschenverstand, das ist alles; das, was dir immer gefehlt hat.«

… Aber auf den Kopf gefallen ist er nicht, das kann ich euch sagen …

Wind ist aufgekommen. Plötzlich ist es so stürmisch, dass man nur noch gebückt vorankommt. Von den Bergen, von Lanaittu und Locoe, stürzt eine unsichtbare Herde ins Tal, eine Masse stumpfsinniger, wütender Rinder, die sich durch die Straßen zwängt und Staub, Blätter und Gestrüpp mit sich führt. Nur eine Staubwolke, die rasch näher kommt, nur das inbrünstige Gebrüll einer unsichtbaren Herde, mehr ist nicht zu sehen und zu hören. Wild gewordenes Vieh, das, von seiner eigenen Raserei erschreckt, dahinrast. Es reißt die Wipfel der Platanen mit, zwingt die Zypressen in die Knie, zerfetzt die Dächer aus Stroh und Lehm. Alte Frauen, deren Schultertücher sich im Wind blähen, gleiten auf der Straße dahin wie Schiffe mit prall gefülltem Segel; mit ihren schwarzen Schürzen, die sich aufspannen wie ein Regenschirm, dann an den Beinen kleben, um schließlich wieder aufzugehen, sehen sie aus wie dunkle Quallen. Die Metallhelme auf den Schornsteinen kreischen und johlen wie Tataren, die ein Dorf erstürmen. Verzweifelt laufen die Menschen ihren flüchtenden Hüten hinterher. Auf seinem blindwütigen Vormarsch stößt der Wind Menschen und Dinge zu Boden wie ein Siphon, lässt die Fensterläden knallen wie Kastagnetten. Bisweilen ebbt das Getöse ab, geht das Konzert in ein zartes Cantabile über, ein leises Flötensolo säuselt sanft wie ein Windhauch, doch dann folgt gleich wieder das Tutti des Orchesters und der sture Bass der Böen. Die bedrohliche Horde setzt ihren Tatarenritt fort, unbeirrt galoppiert die Herde weiter, steigert sich vom Cantabile zum Pathos, bis schließlich der Dirigentenstab, der das große Ensemble leitet, das Zeichen zum machtvollen Einsatz der Blechbläser gibt. Heulend wirbelt der Wind durch die gestampften Höfe und fegt Kuhfladen, Erde und Insekten in den Ecken zusammen. Die Böen verlocken den Wanderfalken zum Gleitflug, stellen ihn auf die Probe, indem sie seine Steuerfedern stören. Schamlos pfeift der Wind den Mädchen unter den Rock, klopft ihnen auf den Hintern, sodass sie ein paar Schritte vorwärts trippeln und der Stoff sich zwischen die Schenkel schiebt. Insgeheim lächeln sie bei dieser Berührung. Im Tal rüttelt der Wind wie ein Bauer an den Olivenbäumen und nimmt die Ernte vorweg, den Mandelbäumen reißt er den Brautschleier ab, er drischt das Getreide und wirbelt die Streu durch die Luft. In einem Andante forte fortissimo stürzt die brüllende Horde, die Herde von den Hügeln herab, galoppiert ungezügelt dahin, wechselt in Gassen und Eingängen die Tonart, um schließlich ein unbestimmtes und unbestimmbares Ziel zu erreichen. Vielleicht muss sie erst bis zum äußersten Rand, überschlägt sich hinter Pred'Istrada wie eine Welle, um dann auf die Hochebene zurückzuschwappen, zwischen Häuser, über bestellte Felder und eingezäunte Schafweiden, bis in Schweine- und Hühnerställe hinein. Und alles fängt wieder von vorne an: Der gleiche Wind, der einen zuvor im Haus festhielt, tritt jetzt die Türen ein, hebt die Fenster aus den Angeln und lässt das Dachgebälk ächzen. Der gleiche Wind, der einen zuvor mit Tritten und Stößen vor sich hertrieb, türmt sich nun zu einer Wand auf und verstellt den Weg. Jetzt knebelt er und nimmt den Atem. Vorher gab er, jetzt nimmt er. Er reißt die jungen Triebe ab, trocknet den Boden aus, jagt in die Schornsteine und schleudert Rußbrocken durch den Kamin.

In ihrem Zimmer kämpft Francesca Pattusi mit der Gardine, die sich um sie schlingt wie eine Boa constrictor. Es dauert eine Weile, bis sie sich schließlich befreien und zum Fenster durchkämpfen kann, das eine plötzliche, heftige Windböe aufgestoßen hat. Als sie das Fenster endlich verriegelt hat, ist sie gerettet. Sie bekreuzigt sich dreimal: ein Kreuzzeichen für die armen Seelen im Fegefeuer, eins für die verlorenen Seelen in der Hölle und eins für sich selbst. Der Hof vor dem Fenster ist ein Gewoge von Baumwipfeln, die große Magnolie ein züngelnder Medusenkopf, die kleine Weide eine neunschwänzige Katze, die knallend Peitschenhiebe austeilt. Francesca singt, um die Angst zu vertreiben, und zur Begleitung hämmert der Mistral auf die Dachrinnen.

Beim ersten heftigen Windstoß hat Bustianu Clorinda in die Arme geschlossen, als fürchtete er, sie könnte wegfliegen, hinunter ins Tal. Obwohl jetzt alles anders ist, treffen sie sich immer noch auf dem Hügel. Der Wind hat den Dunst weggeblasen, der Himmel ist wie dünne, blassblaue Spitze. Die Erde riecht nach Sandelholz, Zimt und Anis. Clorinda schmiegt sich an ihren reglosen Hünen. Ohne Hut gleicht Bustianu einem mürrischen Meergott, dem eine Welle die Frisur durcheinander gebracht und die Haare an die Stirn geklatscht hat.

»Wir sollten gehen«, sagt Clorinda und streicht ihm die zerzauste Strähne zurecht. »Franceschina macht sich sicher schon Sorgen, sie fürchtet sich vor dem Wind. Kommst du mit?«

Bustianu schüttelt den Kopf. »Ich muss zu Poli«, antwortet er.

»Und was ist mit dem Essen?«, fragt sie.

Bustianu lächelt. »Da mach dir mal keine Sorgen, ich komme schon zurecht.«

»So, du kommst zurecht. Wie denn? Komm doch mit und iss mit uns, für deine Verabredung ist dann immer noch Zeit.«

Bustianu schüttelt erneut den Kopf. »Das wird zu spät.«

Clorinda sieht zu ihm auf. Aus dieser Perspektive gleicht er einer nachdenklichen Büste. »Sie kommt zurück, du wirst sehen«, sagt sie.

»Nein, sie kommt nicht zurück«, erwidert er. »Ich kenne meine Mutter … Und sie kennt mich.« Während er das sagt, bebt sein Kinn vor Traurigkeit.

Nein, ausgeschlossen, das ist kein Teil von einer Waffe. Da ist Poli sicher. Auf dem Tisch in seinem Büro in der Kaserne liegt, was sie »die Scherbe aus Bòrore« nennen. Bei einfachem Hinsehen ist es nur ein keilförmiges, rußverschmiertes Stück Glas, das an einer Seite abgerundet ist. Vielleicht eine Linse, eine dunkle Linse. Poli meint, dass so etwas nicht zu einer Militärausrüstung gehöre, das hält er für ausgeschlossen. Aber Bustianu will darüber nicht diskutieren, schließlich weiß man, dass nicht jede Dienststelle immer über alles informiert wird. Auch wenn Poli das unangenehm ist, glattweg abstreiten kann er es nicht … Seit einiger Zeit hat man den Eindruck, dass die Dienststellen vor Ort nur noch für die Drecksarbeit zuständig sind.

Tatsächlich hat Poli bereits überall herumgefragt, aber er ist nicht weiter gekommen. Beim Kommando hüllt man sich in Schweigen. Und man muss höllisch aufpassen, was man sagt, vor allem, wenn man im Ruf steht, mit den Sozialisten zu sympathisieren. Aber ein paar Dinge sind ihm doch zu Ohren gekommen, über die mutmaßliche Schießerei. Zum Beispiel, dass die Befehle direkt aus Rom kamen, und zwar, so hieß es, von ganz oben, von Pelloux. Außerdem hat er mitbekommen, wie zwei sich auf dem Flur der Kaserne unterhielten und dabei den Kriegsminister höchstpersönlich erwähnten.

Für seine Männer würde Poli die Hand ins Feuer legen, wenn die etwas wüssten, würden sie es ihm sagen, allein schon um ihn zu warnen. Aber nichts, jedes Mal, wenn er darauf anspielte, zuckten sie die Achseln, insbesondere die Sarden, so als wüssten sie nichts, fänden die ganze Sache aber äußerst verdächtig. Vielleicht wusste man in Cagliari mehr, aber auch dort erfuhr man rein gar nichts. Ein Stück von einem unbekannten militärischen Ausrüstungsgegenstand also? Vielleicht, denkt Poli. Bestimmt, sagt Bustianu.

Die Diskussion ist an einem toten Punkt angekommen, die Scherbe liegt auf Polis Schreibtisch. Da stürzt ein Rekrut aufgeregt in Polis Büro: »Maresciallo, Berrina!«, ruft er laut. Poli wird rot im Gesicht, sieht Bustianu an und springt auf. »Wo?«, fragt er ängstlich. »In Gonone«, antwortet der junge Mann in Uniform. Während Poli zum Ausgang hastet, schwingt er zum Abschied die Faust durch die Luft.

Draußen vor der Kaserne wütet der Mistral, und die Erregung vor dem Aufbruch steigt. Schwer bepackte Pferde und ein Trupp Bewaffneter mit Tornistern wirbeln Staub auf. Befehle werden gerufen. Poli, schon im Sattel, spricht mit einem korpulenten Carabiniere mit dunklem Teint.

»Wenn die Information stimmt«, beruhigt ihn dieser, »haben wir alle Zeit der Welt.«

»Schon, Mari, trotzdem sollten wir keine Zeit verlieren, bis nach Dorgali, das ist kein Spaziergang.« Poli sieht entschlossen aus. Bustianu kennt diesen Blick, er weiß, dass der Maresciallo ganz versessen darauf ist, Berrina zu erwischen. Er weiß auch, dass ein erneutes Scheitern Poli schlecht bekommen würde. Seit drei Jahren ist er hinter Fancello »Berrina« her, und seit drei Jahren entwischt ihm diese Schlange immer wieder. Die Befehle aus Rom lauten, auf nichts und niemanden Rücksicht zu nehmen. Man will Ergebnisse, um jeden Preis. »Ihr werdet ihn schnappen, diesmal werdet ihr ihn schnappen«, sagt Bustianu, tätschelt Polis Pferd den Hintern und steuert auf die Gasse zu, die zur Kathedrale führt. Poli winkt ihm hinterher. Ohne sich umzudrehen, hebt Bustianu die Hand.

Der Wind zeichnet Arabesken aus dunkler Erde aufs Pflaster. Bustianu beugt sich vor und hält den Hut fest, damit er nicht fortgeweht wird. Wie zum Gruß winken die Palmen im bischöflichen Garten mit den Zweigen. Zenobi erwartet ihn auf der Piazzetta. Er wirkt nervös und hat einen blauen Fleck auf dem Jochbein, knapp unter dem rechten Auge. Bustianu kämpft gegen eine Windbö an, die es sich offenbar in den Kopf gesetzt hat, ihr Zusammentreffen hinauszuzögern. Er sagt etwas zu Zenobi, doch seine Worte werden fortgetragen, in die andere Richtung. Zenobi bedeutet ihm denn auch, dass er nichts verstanden habe. Bustianu tippt sich mit dem Finger aufs Jochbein. Zenobi zuckt die Achseln: »Das ist nichts, gar nichts.«

»Wie, nichts?«, fragt Bustianu, während er ihn in einen windgeschützten Hauseingang zieht.

»Ach nichts«, antwortet Zenobi. Er hat eine Information für ihn, deshalb hat er nach ihm gesucht.

Bustianu sieht ihn streng an: »Schön, die Information kann warten, sag mir erst, was mit deinem Gesicht passiert ist.«

»Bah«, druckst Zenobi herum, »nicht so wichtig.« Aber es ist klar, dass er nur Zeit gewinnen will, angestrengt sucht er nach einer glaubwürdigen Geschichte. »Irgendein Streit«, sagt er schließlich.

»Mit wem?«, drängt Bustianu.

»Mit irgendwelchen Leuten«, murmelt Zenobi. Bustianu fixiert ihn, Zenobi schaut zu Boden.

»Ich erfahre es sowieso«, sagt Bustianu. Zenobi gräbt die Hände in die Taschen, als wollte er im Boden Wurzeln schlagen.

»Mit Elias Tanchis«, stößt er schließlich hervor, »wir hatten eine Meinungsverschiedenheit.«

»Eine Meinungsverschiedenheit«, wiederholt Bustianu und fordert Zenobi auf fortzufahren.

»Ja«, gesteht dieser, »es ging um Euch, er hat unschöne Sachen gesagt, wegen ...« Er findet nicht die richtigen Worte.

»Wegen Clorinda Pattusi«, ergänzt Bustianu.

Zenobi nickt: »Ja, darum ging es.«

»Und wegen so etwas fängst du Streit an?« In Bustianus Tonfall mischt sich eine gute Portion väterlicher Strenge. Zenobi schaut auf und atmet tief ein, bevor er mit der Sprache herausrückt: »Er hat über Euch und seine Tante hergezogen, ein Skandal sei das, hat er gesagt, Tzia Remunda habe gut daran getan, das Haus zu verlassen, einer müsse schließlich den Anstand wahren ... Und das vor allen Leuten, auf dem Markt, damit jeder mitbekam, dass auch seine Familie ganz und gar nicht einverstanden ist ... und Tzia Franceschina Pattusi, die traue sich nicht mehr aus dem Haus, und wenn, dann nur zum Gottesdienst, weil ihr die Sache mit ihrer Schwester so peinlich ist, dass sie den Leuten nicht mehr in die Augen schauen kann.«

»Und da hast du ihm die Meinung gesagt«, merkt Bustianu ironisch an. Zenobi versteht nicht. »Auf deine Art«, präzisiert der Avvocato und ballt die Faust.

Zenobi muss lachen und schüttelt den Kopf. »Jedenfalls kann Elias Tanchis mindestens eine Woche nicht mehr sprechen«, sagt er, »und essen kann er in den nächsten Wochen wohl nur noch Suppe.«

Jetzt muss auch Bustianu grinsen. »Die Information?«, fragt er.

Zenobi hat mit Marieddu Seddone gesprochen, der spuckt und flucht wie ein Tier, schmutziger als ein Tier ist er allemal. Marieddu sagt, von seiner Schwester hätten sie nichts mehr gehört. Eines Tages sei ein Offizier der Carabinieri in ihr Haus gekommen, sofern man das Haus nennen kann, habe ihnen Mehl und Öl gebracht und auch ein bisschen Geld dagelassen und dann rundheraus gesagt, dass Elène tot sei. Dionigi Mariani, dieser Hurensohn, habe doch nur auf diese Gelegenheit gewartet. Sei's drum, sagt Marieddu, er gehe fort, man habe ihm nämlich eine Arbeit im Sulcis angeboten, im Bergwerk. Er werde doch nicht bleiben, um für Mariani die Zielscheibe abzugeben, und überhaupt wisse er gar nicht, was Mariani gegen ihn hat, aber nun ja …

»Nun ja«, sagt Bustianu, »lassen wir Marieddu Seddone mal beiseite, ich wollte dich noch um etwas bitten.« Sofort nimmt Zenobi Haltung an, wie ein Soldat. »Du musst noch einmal nach Bòrore, würdest du das tun?«

Allein zu Haus geht es Bustianu beinahe gut. Und irgendwie geht es ihm gerade deshalb schlecht, weil er bei weitem nicht so deprimiert ist, wie er allein in dem leeren Haus eigentlich sein müsste. Raimonda hat alles ordentlich hinterlassen und sogar mit einer Nachbarin ausgemacht, dass sie von Zeit zu Zeit kocht und sauber macht, denn Bustianu und den Besen schwingen, das ginge denn doch zu weit. Jedenfalls ist der häusliche Frieden jetzt anders, nicht so heimelig vielleicht, als wenn jemand da ist, der einen umsorgt, dafür unbeschwerter ohne den wachsamen Blick einer Person, die einen zwar liebt, allzu oft aber auch alles, was man tut, auf die Waagschale legt. Genau genommen ist es das erste Mal, dass Bustianu allein zu Hause ist, und es ist ihm gar nicht unangenehm, obwohl es ihm doch eigentlich unangenehm sein müsste. Womit wir wieder am Anfang wären.

Während er, ein Stück Fladenbrot kauend, diesen Gedanken nachhängt, klopft es. Er braucht eine Weile, bis er öffnen geht. Es ist sein Bruder. Komm herein, sagt er, und sein Bruder lässt sich nicht zweimal bitten. Er ist älter als Bustianu, aber kleiner, und im Gesicht kommt er nach der Mutter, deren Familie aus Mamoiada stammt.

»Hör zu, falls du …«, hebt Bustianu an.

Der Bruder unterbricht ihn mit einer Handbewegung. »Fang bitte keinen Streit an, bevor du überhaupt weißt, weshalb ich hergekommen bin!«

Bustianu macht gute Miene zum bösen Spiel. »Was gibt es denn?«, fragt er in erstaunlich versöhnlichem Ton.

»Abgesehen von dem, was du schon weißt, müssen wir diese Geschichte zu einem guten Ende führen, Bustià. Ich mische mich sonst nicht ein, das weißt du, aber diesmal hast du es zu weit getrieben.«

Bustianu lächelt bitter. »Siehst du, ich wusste, dass du das sagen würdest.«

»Deine geistreichen Bemerkungen kannst du dir sparen. Du kennst Mama doch, und du weißt, wo wir hier leben. Wenn dir das nicht passt, dann kannst du ja woandershin gehen.«

»Darf ich vielleicht mal erfahren, was ich eigentlich verbrochen habe? Wie kommt es bloß, dass damals, als du dich verlobt hast, niemand etwas dagegen hatte?«

»Vielleicht weil ich getan habe, was sich gehört, und nicht, was ich für richtig hielt!«

»Wieso, habe ich etwa nicht getan, was sich gehört?

Die Wahrheit ist, dass du im Unterschied zu mir immer den Braven gespielt und trotzdem getan hast, was du wolltest. Und weil du angeblich so vernünftig warst, so ausgeglichen, keine Flausen im Kopf hattest, deshalb konntest du dir stets deine Freiheiten herausnehmen.«

»Das heißt doch nur, dass du das nicht hinbekommen hast, Bustià. Warum musstest du unbedingt vor aller Augen mit ihr durch die Gegend spazieren, als wäre schon alles abgemacht, bevor du zu Hause ein Wort darüber verloren hast? Was hätte Mama denn tun sollen, he?«

»Genau das, was sie getan hat! Aber ich auch. Hör zu, ich denke, ich bin erwachsen genug, um allein auf mich aufzupassen. Deshalb kannst du Mama sagen, wenn sie zurückkehren will, ist sie willkommen, ich für meinen Teil habe mir nichts vorzuwerfen.«

»Hör zu, Bustià, es geht ihr nicht gut …«

»Wenn es ihr so schlecht geht, soll sie nach Hause kommen, und wenn sie mich nicht sehen will, dann suche ich mir eben eine andere Bleibe!«

»Ja ja, die alte Leier: Hör auf, mit Dreck zu werfen, Bustià, das macht die Dinge nicht besser, im Gegenteil. Hast du ein Glas Wasser für mich?«

»Ja, entschuldige, ich habe auch guten Wein, aus Sarule …«

»Nein, danke, Wasser genügt mir.«

»Apropos, hast du Wein im Haus? Der aus Sarule ist wirklich etwas Besonderes, und ich bekomme ihn sehr günstig. Und wenn du Öl brauchst, da habe ich einen Mandanten, der macht ein besonders gutes.«

»Hm, vielleicht. Komm, Bustià, erzähl mir bloß nicht, dass die Sache dich nicht auch belastet.«

Bustianu setzt sich. Mit den Handflächen reibt er sich das Gesicht. »Sag mal«, fragt er den Bruder, »was hast du empfunden, als du Giovanna zum ersten Mal gesehen hast?«

Der Bruder antwortet nicht, er wartet, dass Bustianu fortfährt.

Und Bustianu fährt fort: »Weißt du noch, was du empfunden hast, als du deine Frau zum ersten Mal gesehen hast?«

Der Bruder nickt.

»Du erinnerst dich also. Was willst du dann von mir?«

»Ich sage ja nicht, dass du sie verlassen sollst, Bustià, so etwas würde ich nie von dir verlangen ...«

»Findest du, dass ich ein guter Bruder war?«, unterbricht Bustianu ihn. »Dir, meine ich, war ich dir ein guter Bruder?«

»Ja, du warst ein guter Bruder«, versichert der andere. »Ein bisschen eigenbrötlerisch vielleicht, aber ein guter Bruder. Hast du etwas gegessen?«

»Nein, aber ich habe keinen Hunger.«

»Hör zu, Bustià, Giovanna und ich, wir hätten da eine Idee: Warum kommst du nicht mal zu uns zum Essen, sagen wir nächsten Sonntag, dann seht ihr euch, Mama und du, und sprecht euch aus, du weißt doch, was sie für dich ...«

»Ich weiß nicht, das muss ich mir erst überlegen.«

»Dann überleg's dir, aber überleg's dir gut.«

Unterdessen wird es dunkel.

Poli und seine Leute sind in Dorgali eingetroffen. Beim örtlichen Carabinieriposten haben sie frische Pferde, Befehle und Landkarten vorgefunden. Berrina wird sich erst auf den Weg machen, wenn es tiefe Nacht ist. Wenn die Informationen stimmen, will er auf ein Segelschiff, das draußen vor Anker liegt, und heimlich nach Spanien emigrieren. »Hier«, verkündet Poli, vor sich die Karte, und deutet mit dem Finger auf einen Küstenabschnitt nicht weit von Cala Sisine. »Er wird es nicht wagen, von Gonone aus per Boot dorthin zu fahren, wir haben ihm zuspielen lassen, dass jede Handbreit des Hafens überwacht wird. Deshalb wird er auf dem Landweg nach Cala Sisine gehen, von hier«, sagt Poli und zeigt auf der Karte eine Stelle im Hinterland. Eine dichte Folge von Linien und Punkten markiert den Höhenunterschied, und eine Trift ist eingezeichnet, die am Meer endet. »Haben wir mit dem Kapitän der Astrea Kontakt aufgenommen?«

»Jawohl, Signor Maresciallo«, antwortet zackig der Carabiniere Mari, »er hat soeben ein Telegramm an die Unterpräfektur geschickt, hier ist die Kopie: Er erklärt, dass er keinesfalls beabsichtige, irgendwelche Flüchtige an Bord zu nehmen.«

»Meinetwegen, meinetwegen«, unterbricht Poli ihn, »soll er erklären, was er will, Berrina wird dieses Schiff jedenfalls nicht erreichen, und wenn es das Letzte ist, was ich tue. Das erste Stück also zu Pferde, den Rest dann zu Fuß, ich will nur ein paar Männer, fünf, höchstens sechs, kümmern Sie sich darum, Mari.«

»Jawohl!«

Der Himmel ist vom Wind auf Hochglanz poliert. Die hell leuchtende Kugel des Vollmonds überrascht sie, als sie an der Flanke des Monte Bardia entlanggehen. Sie sind zu siebt: Poli, Mari und weitere fünf Bewaffnete, die unter den Ortskundigen ausgewählt wurden. Der Pfad führt um die Bergflanke herum wie ein Kratzer, fast wie eine natürliche Stufe in der Wand. Die verfilzte, staubige Masse der Büsche unter ihnen sieht aus wie ein Kissen, das eigens dorthin gelegt wurde, um den Sturz abzufangen. Klapperdürre Ginsterbüsche klammern sich mit hakenförmigen Wurzeln an den Fels, der Wind zerrt so wütend an ihnen, dass man den Eindruck hat, als müssten sie jeden Augenblick loslassen und in die Tiefe stürzen.

Poli ist nicht wohl in seiner Haut, es ist zu hell, nicht eine Wolke. Um all die Sterne zu zählen, die über ihren Köpfen blinken, würde ein ganzes Leben nicht ausreichen. Bei diesem Licht sehen die Schatten der Pferde aus wie Ungeheuer mit überlangen, dünnen Beinen, wie schwarze Schraffierungen auf der Felswand. Im Tal streicht der Mond über Weinstöcke und Obstgärten und lässt sie zart glitzern.

In einem Gewaltmarsch haben sie S'Arcada erreicht. Mari zeigt Poli den Felsbogen, den die Architekten Wind und Meer an den Klippen errichtet haben. »Wie weit ist es noch bis Cala Sisine?«, fragt der Maresciallo.

»Bei diesem Tempo zwei bis drei Stunden«, antwortet Mari, »hier biegen wir ab.«

Nach dem Abzweig geht es leicht bergan, eine Strecke, die wie ein Flachland wirkt, aber kein Flachland ist. Eine Hochebene. Ein riesiges Plateau, von dem aus man das Meer nicht mehr sehen kann, obwohl es nur wenige Schritte entfernt ist. Hier scheint der Wind geboren. Fauchend fährt er durch die Borretschfelder, zerrt an den Dornbüschen, zwingt die Sonnenblumen in die Knie. Jenseits des Einschnitts, der von der Hochebene hinunter zur Bucht führt, klappert das Schilf mit den Zähnen.

Der Wind kommt von hinten, vielleicht ist diese Reise von oben gesegnet, und so Gott will, wird Berrina diesmal sein Manna bekommen, Manna aus sieben Öfen.

Dem Himmel sei Dank, kommen sie schneller voran als erwartet. »Wir müssen vor Mitternacht da sein.« Mari schaut auf die Uhr: Es ist halb zehn. Dann sieht er Poli an und bedeutet ihm, er solle sich nicht sorgen. Sie wenden sich nach Süden, nun geht es bergab.

»Ab jetzt müssen wir vorsichtig sein«, sagt Mari, »der Pfad wird schwieriger, bis zur Punta Civargiu geht es, aber dann …«

Dann müssen sie die Pferde zurücklassen. Noch ein kurzes Stück durch eine kahle, glatte Schlucht, die aussieht, als hätte Gott persönlich sie mit seinem Daumen in den Fels eingeprägt, und dann hört man endlich das Rauschen des Meeres. Geräusch und Geruch stürmen auf sie ein, während sie nach Halt suchen, um nicht auszurutschen. Die schweren Stiefel schaben über den Granit und schlagen Funken. In dieser felsigen Speiseröhre ist vom Wind nichts zu spüren, eine brackige Wärme steigt von den Steinen auf, ein bitterer Duft wie von unverdauter Nahrung, wie von galligem Speichel erfüllt die Luft. Ganz nach unten müssen sie, wo der alte Pfad, der inzwischen nicht mehr benutzt wird, an einem Wacholdergebüsch endet. Aber es gibt keinen anderen Weg, hier müssen sie durch, damit Berrina den neuen, leichteren Pfad nehmen kann, wo Stufen aus Buchsbaumholz den Abstieg zur Bucht erleichtern. Und sie müssen sich beeilen. Ausrüstung und Waffen sind hinderlich, die Bajonette verheddern sich im dichten Dornengestrüpp, und die Rucksäcke wiegen mit jedem Schritt schwerer. Jetzt murmelt das Meer selbstsicher ein Ora pronobis; das Wasser weiß, dass es ihm mit der Beharrlichkeit der Jahrhunderte gelingen wird, den Granit abzutragen. Eine unbeirrbare Bewegung, die, ein ehernes Gesetz, unablässig daran arbeitet, das Unveränderliche zu verändern.

Zerkratzt, durstig und auf wackligen Beinen erreichen Poli und seine Männer nach gut drei Stunden die Bucht. Es ist kurz vor elf, der Mond steht hoch, lässt das Meer darunter weiß erscheinen, schäumende Wellen kräuseln die Wasseroberfläche wie Seidenkrepp. Der Wind macht sich bemerkbar, ungehindert fegt er über den Strand, nicht einmal der Oleanderhain scheint nennenswerte Deckung zu bieten. Im Gegenteil, die Pflanzen schwanken so heftig, als wollten sie den geplanten Hinterhalt vereiteln. Im Hintergrund dümpelt die Astrea mit festgezurrten Segeln, federleicht und prachtvoll, als schwebte sie in der Luft, eingestickt in den Atlasvorhang des Himmels. Im Gegenlicht bilden die Wanten zwischen Masten und Rumpf ein filigranes Spinnennetz. Trotz des Vollmonds, der die Flut anschwellen lässt und das Schiff zum Schaukeln bringt, wirkt es völlig unbeweglich und fern. Der Horizont ist hinter dem glitzernden Gemisch aus Wasser und Sand nicht mehr zu sehen. Bei jedem Windstoß verschlägt einem das klebrige Aroma des Oleanders den Atem. In dieser lärmenden Stille haben sich die Männer durch Gesten in zwei Gruppen aufgeteilt. Mari führt die eine zu den steil aufragenden Felsen, die vom strahlend weißen Sand beleckt werden, Poli postiert die andere zwischen Agaven und Myrten, die das Ende des neuen Pfads flankieren. Jetzt heißt es warten, die einen an den Felsen gekrallt wie Geier, die anderen an den Boden gedrückt wie Wasserschlangen. Und sie warten. Eine Stunde, die ihnen wie ein Jahrhundert vorkommt.

Als Poli gerade den Hut ins Gesicht zieht, um die Augen vor dem Sand zu schützen, hört er hinter sich ein Reißen und fährt herum. Tierschatten, eine Ziege, zwei Ziegen, die sich an einem Dornbusch zu schaffen machen. Doch diese Ziegen haben Gewehre! Er kann sich gerade noch umdrehen, als Mari auch schon hinter dem Felsen hervorspringt. Ohne lange Vorrede beginnen die beiden fellbekleideten Männer zu schießen. Die ersten Schüsse prallen von den Steinen ab und landen im Sand. Poli springt auf und legt die Waffe an. Er schießt. Ein erstickter Schrei sagt ihm, dass einer der beiden Banditen getroffen ist. Mari und die anderen Männer haben alle Fluchtwege versperrt. Der Mann am Boden hebt das Gewehr, doch mit der verletzten Schulter kann er nicht nachladen. Während sein Komplize versucht, ihn hinter einen Felsvorsprung zu schleifen, läuft Poli auf ihn zu. Als er den Maresciallo bemerkt, überlässt er den Verletzten seinem Schicksal und will fliehen, doch Mari und die anderen erwarten ihn bereits. Er ist umstellt. Poli beugt sich über den Verletzten, um ihm ins Gesicht zu sehen, doch der Verletzte ist tot, zu etwas Besserem geworden, respektabler als zuvor … Der andere, finster und mit Kapuze, bewegt sich jetzt ruckartig. »Vincenzo Fancello«, ruft Poli, »ergib dich, dein Kumpan ist tot, willst du das gleiche Ende nehmen?«

Der Mann reißt sich die Kapuze herunter, im Licht des Mondes sieht man einen Schädel mit dunklen Löchern an Stelle der Augen. »Maresciallo, heute ist Euer Tag, Ihr habt Berrina erwischt«, sagt er und lacht. Ein schallendes Lachen, das den silbern glitzernden Wasserspiegel zu zertrümmern scheint und sogar das Gekoller des Meeres übertönt. Vorsichtig geht Poli auf Berrina zu, während Mari, die Waffe im Anschlag, auf jede noch so unscheinbare Bewegung des Banditen achtet. »Wirf das Gewehr weg«, befiehlt Poli. Unerwartet fügsam lässt Berrina das Gewehr fallen. Wie ein Verbündeter, der die Waffe verschwinden lassen will, weht der Wind Sand darüber. Poli bückt sich, um sie aufzuheben. Die Anspannung ist so groß, dass selbst das Klatschen der Wellen zu einer Stille voller Unwägbarkeiten wird.

Plötzlich streift eine Messerklinge den Maresciallo an der Schläfe. Ein Augenblick, weniger als ein Augenblick, und Berrina hat sich wie zum Gruß gebückt und die Waffe aus der Ledergamasche gezogen. Ein Augenblick, weniger als ein Augenblick, und Mari ist nach vorn geschnellt und hat ihm eine Ladung Blei in den Oberschenkel geschossen. Berrina macht eine halbe Drehung. Poli sieht gerade noch die Klinge aufblitzen, direkt vor seinem Auge, dann stürzt er sich auf den Banditen. Jetzt ist er über ihm und riecht den Gestank des Todes. Berrinas hageres Gesicht verzieht sich zu einem Ausdruck der Verblüffung. Er hat kleine und eng stehende Augen, der Körper ist angespannt und knorrig. Noch immer hält seine Hand das Messer. Mari verpasst ihm eine mit dem Gewehrkolben auf die Schulter, damit er loslässt. Poli setzt ihm das Knie auf die Brust, drückt ihn zu Boden und packt ihn am Handgelenk. Die Hand, die das Messer umklammert, ist weiß vor rasendem Zorn. Machtlos knirscht Berrina mit den Zähnen. Eng umschlungen wie zwei Liebende, die sich im Mondschein küssen wollen, liegen der Maresciallo und der Bandit beieinander.

»Lebend kriegt Ihr mich nicht!«, zischt Berrina. Poli spürt, wie der todbringende Atem der Bestie sein Gesicht streift. In diesen Augen steht Entschlossenheit und Hass. Dieser Mann hat keine Angst: Obwohl er sich nicht mehr rühren kann, ist er nicht wehrlos. Plötzlich kommen Poli Zweifel, ob er ihn festhält oder ob Berrina in einen grausigen Abgrund stürzt und ihn mitreißt. Er schwankt. Für den Bruchteil einer Sekunde lockert er den Druck seines Knies. Das genügt Berrina. Er stößt einen Schrei aus, stützt sich blitzschnell auf den unverletzten Arm und springt auf. Mit letzter Kraft hat er diesen unglaublichen Satz vollbracht, selbst Mari ist überrascht, aber nicht so sehr, dass er die Kontrolle verliert. Er schießt noch einmal, und diesmal muss Berrina, am Hals getroffen, das Messer fallen lassen. Aber noch ist er nicht tot. Poli, der auf dem Hosenboden gelandet ist, beobachtet, wie der andere sich aufrappelt. Ein Schwall Blut schießt aus der offenen Halsschlagader. Aber Vincenzo Fancello, genannt Berrina, lebt noch, seine Augen sind aufgerissen und wach, während er zwei Schritte auf die Carabinieri zuwankt, die, ohne das Gewehr sinken zu lassen, fragend zu Poli blicken. Poli macht den Männern Zeichen, Berrina durchzulassen, und sie öffnen ihm einen Durchgang zum Wasser. Mit dem blutüberströmten Bein schwankt Berrina vorwärts, er will ans Meer. Er macht ein, zwei Schritte … noch einen, deutet auf die Astrea, die in diesem Moment Segel setzt, dann bricht er zusammen.

Die ganze Nacht hat die Herde in der Stadt geweidet und sich geschlossen vorwärts bewegt. Der Orchesterdirektor hat den Taktstock gehoben und das Zeichen zum Maestoso gegeben. Die Tatarenhorde hat zwischen den Häusern gelagert …

Der Morgen kommt.

»Das ist doch nicht möglich!«, brüllt Bustianu. »Cagnara? Das kann nicht sein!«

Poli sieht ihn verdutzt an. »Ich weiß ja nicht, welchen Cagnara Sie meinen, aber …«

»Ich weiß nicht, wie er heißt, aber ich weiß, wie er aussieht. Der, den ich kenne, ist klein, ziemlich schmächtig, Anfang zwanzig und hat keine Zunge.«

»Dann ist jeder Zweifel ausgeschlossen: Dieser Cagnara ist in Cala Sisine ums Leben gekommen, zuerst dachte ich, ich hätte ihn nur verletzt, aber er war tot.«

»Tot?«

»Ich höchstpersönlich habe ihn erschossen.«

»Soll das heißen, dass Cagnara letzte Nacht bei Berrina war?«

Poli kommt es langsam vor, als hätte er es mit einem Verrückten zu tun, er ist es leid, immer auf die gleiche Frage zu antworten. Er ist müde, aber es ist eine seltsame Müdigkeit. »Hören Sie, Avvocato, ich habe eine ziemlich schlimme Nacht hinter mir, ich kann mich kaum noch auf den Beinen halten«, brummt er und nickt bestätigend.

Bustianu schüttelt noch immer den Kopf. »Ich will ihn mit eigenen Augen sehen!«

Poli lächelt dünn und hebt resigniert die Arme.

Er ist es tatsächlich. Auf dem Marmortisch wirkt er größer. Verblutet, sagt der Arzt. Eine Ladung Blei genau in die Halsbeuge. An dieser Stelle fließt viel Blut. Cagnaras Gesicht ist entspannt, die Augen sind aufgerissen, es sieht aus, als würde er gleich anfangen zu sprechen. Ein alter Mann von zwanzig Jahren, kommentiert der Doktor. Schließt ihm doch die Augen!, bricht es aus Bustianu heraus.

»Sind Sie jetzt überzeugt?« Polis Frage klingt, als forderte er Wiedergutmachung.

Bustianu, zwei Schritte voraus, blickt starr zu Boden.

Poli muss ihn am Arm zurückhalten, um ihn einzuholen. »Jetzt reicht es aber«, sagt er. »Es reicht.« Sein Ton duldet keinen Widerspruch. »Jetzt erklären Sie mir endlich, was hier vorgeht.«

Bustianu schweigt weiter und kramt dann wortlos in der Tasche. Er zieht einen Zettel heraus, auf den er einen Pfeil mit dreieckiger Spitze gezeichnet hat.

»Was ist das?«, fragt Poli.

Bustianu lässt ihn noch einen Augenblick lang die Zeichnung betrachten. »So in etwa sieht es aus«, murmelt er.

»Was ist das?«, fragt Poli noch einmal.

»Ich weiß es nicht, sagen lieber Sie mir, was das ist!«

»Du tust nur so, als wüsstest du nicht Bescheid! Ja, du tust nur so. Doch, doch, genau so ist es. Aber damit machst du dich lächerlich, Bustià. Man muss die Dinge von einer höheren Warte aus betrachten … Als wüsstest du nicht, in welcher Lage wir uns befinden … Du machst einen Heidenwirbel um die Sondergesetze und tust ganz so, als wüsstest du nicht, dass wir auf eine Diktatur zusteuern … Betrachten wir es einmal so: Wir haben unser Gesicht verloren. Die Linke hat ihr Gesicht verloren … In Adua haben wir unser Gesicht verloren und die Regierung den Geschäftemachern überlassen. Wir haben unsere Chance verpasst, Bustià. Dieser Pelloux ist mit Waffen reich geworden, weil wir ihn zum Kriegsminister gemacht haben. Warum sollte er sich ändern, nur weil er jetzt Regierungschef ist?«

»Ich stelle dir eine einfache Frage, und du antwortest mir mit einer Wahlkampfrede. Was du da sagst, Pietro, weiß ich nur zu gut, aber es ist nun mal zufällig so, dass ich hier lebe und nirgendwo sonst. Ich habe keine höhere Warte, von der aus ich die Dinge betrachten kann. Ich sehe, was vor sich geht, zum Beispiel in der Presse. Ich mag ja beschränkt sein, aber ich kann nur das richtig beurteilen, was ich sehe. Die Tatsache, dass wir es alle schwer haben, tröstet mich nicht. Verstanden?«

»Na, dann guck nur richtig hin, Bustià, guck richtig hin, aber verliere nicht das große Ganze aus dem Auge.«

»Also, was ist nun, kannst du Pais Serra ansprechen oder nicht? Er hält sich seit letzter Woche in Sassari auf, und da du ihn persönlich kennst …«

»Nur wenn du mir sagst, wozu du ihn treffen willst.«

»In Ordnung, vergiss es, dann versuche ich mein Glück eben allein.«

»Hör zu, Bustià, es wird noch ein böses Ende mit dir nehmen, ich verstehe ja, dass du eine schwere Zeit durchmachst, aber was zu viel ist, ist zu viel.«

»Hab mich nie besser gefühlt, Piè. Also?«

»Ich werde sehen, was sich machen lässt … Und jetzt geh mir aus den Augen.«

»Bist du wütend?«

»Ich sage nur eins, jeder andere käme nicht heil aus diesem Zimmer heraus.«

»He, übernimm dich mal nicht, Piè!«

»Wie bitte?! Hältst du mich etwa für einen Schwächling? Dich habe ich noch immer untergekriegt!«

»Was? Das letzte Mal, als ich mir eine von dir eingefangen habe, war ich neun.«

»Ja und, bist du seitdem vielleicht gewachsen?«

Raimonda sitzt in der dritten Bank. Die ganze Messe über hat sie die da hinter sich gespürt wie eine Zecke. Doch umgedreht hat sie sich nicht, nicht ein einziges Mal. Aber jetzt, da sie ihr nicht mehr ausweichen kann, ist sie wie gelähmt, sitzt da und starrt auf die Madonna. Die Sache ist nämlich die, dass Clorinda Pattusi, die drei Bänke hinter ihr sitzt, nur auf den richtigen Augenblick wartet, um mit ihr zu reden. Und worüber? Wenn sie etwas zu sagen hatte, hätte sie es früher tun müssen, jetzt, wo sie und ihr Sohn Stadtgespräch sind, ist es zu spät. Deshalb steht Raimonda nicht auf. Vom Kirchturm schlägt es sieben. Der Wind umgibt die Kirche mit einer lebendigen, vibrierenden Membran. Raimonda kniet nieder. Sie muss sich nicht umdrehen, um sie zu sehen, diese Clorinda Pattusi. Was bildet die sich eigentlich ein? Glaubt die etwa, in der Kirche würde sie ihr nicht sagen, was sie zu sagen hat? Da hat sie sich aber verrechnet, diese Clorinda Pattusi. Gleich wird sie aufstehen und hinausgehen, ohne den Kopf zu senken, denn sie, Raimonda Gungui, braucht sich für nichts zu schämen, und das können beileibe nicht alle von sich sagen. Nein, wahrlich nicht.

Aber sie steht nicht auf. Das Knie beginnt zu schmerzen.

Clorinda sitzt kerzengerade da. Von hinten wirkt Raimonda kleiner. Wenn sie ihr sagen könnte, was sie auf dem Herzen hat, würden die Dinge vielleicht eine andere Wendung nehmen. Doch sie kann es nicht. Nicht hier, nicht in der Kirche. Sie wird jetzt aufstehen, vielleicht wartet sie draußen, und vielleicht findet sie dann den Mut, Raimonda anzusprechen, aber nur, um sie zur Vernunft zu bringen. Um ihr zu erklären, dass niemand, wirklich niemand mit dieser Situation glücklich ist.

Aber sie steht nicht auf.

Die Kirche ist erfüllt von bronzenem Licht und dem Geruch von Sägemehl. Der Zeigefinger des heiligen Sebastian ist abgeplatzt: Unter der rosafarbenen Lasur sieht man das lebendige Fleisch aus schneeweißem Gips. Das Schwein des heiligen Antonius wird von einem Lichtstrahl durchbohrt. Die Augen der heiligen Lucia auf dem Teller sehen weg, zum Portal.

Oje, oje, das ist doch kein Leben. Raimonda erhebt sich. Auch wenn sie sich nicht umdreht, kann sie hören, wie Clorinda Pattusi hinter ihr atmet.

Als Raimonda aufsteht, hält Clorinda den Atem an. Sie streicht über das Messingschildchen auf der Bank: Gestiftet von der Familie Mura. Dann zieht sie das Tuch über den Kopf. Hoch oben klappern die Fensterscheiben im Wind. Wie Schwerter zerschneiden die Lichtstrahlen das Kirchenschiff. Die Stille ist gespannt, wie eine Katze, die in einem Sack gefangen ist. Im Dunkel vor dem halb barocken Altar stehen Callas und recken sich mit aufgesperrten Mündern zum Deckenfresko empor. Wollen doch mal sehen, wer sich zuerst bewegt.

Raimonda nicht, die setzt sich wieder hin.

Nein, sie nicht. Nicht einmal an diesem heiligen Ort gibt sie klein bei. Sie lässt sich nicht bändigen, nicht von Gott und nicht von allen Heiligen.

Das wollen wir doch mal sehen. Und wenn du krepierst, Zerstörerin meiner Familie! Selbst wenn du hier an diesem heiligen Ort stirbst. Gott weiß es. Er weiß, wie mir zumute ist. Und die Madonna weiß es auch, Mutter, heilige Muttergottes.

Der Groll in ihrer Brust ist inzwischen so angewachsen, dass die eigenen Gedanken ihr Angst machen. Dieser Atem hinter ihr macht ihr Angst, genauso wie dieser stechende Blick, der sich in ihre Schultern bohrt, heiliger Bustianu!

Nicht einmal ein leibhaftiger Engel würde sie zum Nachgeben bringen. Nicht mal dem Tod würde sie sich beugen, hoho. Heilige Lucia!

Raimonda kneift die Augen zusammen: Bitte für mich, heiliger Antonius, mein Herr, bitte für mich … Sie haben mir den Sohn genommen, Fleisch von meinem Fleisch! Bittet alle für mich, in diesem Haus, wo wir auf die Knie sinken, denn ich kann diese Sache nicht verwinden. Nein, nein, nein.

»Remù, geht's dir nicht gut?« Die Stimme von Pfarrer Farris klingt wie ein Sakrileg und hallt wider, als käme sie aus einem Alptraum.

Raimonda öffnet die Augen und starrt dieses hagere Gespenst an wie eine Mumie. »Ist sie noch da?«, fragt sie, wobei sie die Augen zuerst auf die eine, dann die andere Seite wandern lässt, wie um auf die Bänke hinter ihr zu deuten, um sich nicht umdrehen zu müssen.

»Wer?«, fragt der Pfarrer, während er zu der angedeuteten Stelle blickt.

Da dreht Raimonda sich um. Die Bank, in der Clorinda gesessen hat, ist jetzt leer. »Ach nichts, nichts«, beeilt sie sich zu sagen. Dann richtet sie den Blick auf die Madonna.

Der Pfarrer sieht sie missbilligend an: »Hör zu, ich bin älter als du«, ermahnt er sie, »mich kannst du nicht für dumm verkaufen.«

Raimonda senkt den Kopf.

»Wenn man mit dir redet, ist es, als würde man in den Wind reden«, tadelt der Pfarrer sie.

»Ich schaffe es nicht.« Raimonda streckt die Waffen.

»Was schaffst du nicht?«, fragt der Alte.

»Ich kann es nicht ertragen. Nicht bei ihr. Von Anfang an hat sie es auf ihn abgesehen. Und dann hat sie ihn mir weggenommen.«

»Sie hat ihn dir weggenommen … ja, gehörte er dir denn? Ja wie, kauft man sich jetzt seine Kinder?«

»Das ist es nicht, das ist es nicht … Ihr könnt das nicht verstehen.«

»Und ob ich das verstehe, ich verstehe sogar sehr gut …«

»Was soll ich denn jetzt tun?«

»Benimm dich wie eine Mutter, Remù, wie eine Mutter! Und überhaupt ist hier nicht der richtige Ort, um diese Sache zu besprechen.« Der Pfarrer wendet sich der Sakristei zu. »Gehen wir?«

Raimonda verharrt noch ein paar Sekunden reglos, ein letzter Blick zum heiligen Bustianu, dem karmesinrote Farbe aus der haarlosen Kinderbrust tropft, dann folgt sie Pfarrer Farris.

Er hat vergeblich auf sie gewartet. An einen Felsvorsprung gelehnt, hat er darauf gewartet, dass wenigstens der Wind nachlässt. Beide haben ihn enttäuscht. Clorinda und der Wind. Er hat gesehen, wie das Licht violett wurde – die Farbe seiner Stimmung, ist ihm durch den Kopf gegangen. Mit dem Fuß hat er ein bisschen Erde aufgewühlt, um einer Ameisenprozession das Leben schwer zu machen, damit auch sie erfuhren, wie schrecklich es ist, auf dieser Welt zu sein. Er hat so oft auf die Uhr geschaut, dass es ihm vorkommt, als bewegten sich die Zeiger kein Stück. Unsichtbare Hände haben ihm ins Gesicht und auf die Schultern geschlagen, weil er starrsinnig stehen blieb, weil er starrsinnig weiter wartete. Pflanzen, Bäume biegen sich geduldig, fügen sich sanft in ihrer Not. Doch er kann nicht nachgeben, und ein Windstoß genügt, um sein Leben durcheinander zu wirbeln wie sein Haar. Sie kommt nicht … Ich bin schwach wie ein Vogel, der aus dem Nest gefallen ist. Gleichmütig lässt sich das Tal vom Mistral kitzeln. Je nachdem, woher der Wind weht, wechseln die Wiesen ihre Farbe von Grün zu Grau. Sie kommt nicht. Von Ferne wehen Stimmen zu ihm heran, wie aus dem Füllhorn des Windgotts geschüttet: das Tru-u des Bauern, der seinen störrischen Esel antreibt, das Lachen einer zum ersten Mal verliebten Frau, das Getrappel eines galoppierenden Pferdes, das Beten des Pfarrers. Sogar Schritte. Aber nicht ihre. Sie kommt nicht. Dennoch scheint alles sie anzukündigen: die flüsternde Eiche, der vorlaute Rabe, die gleichgültige Wildkatze, die tröstliche Turteltaube. Das weiche Moos, die spröde Unnahbarkeit des Geißblatts, der elegant duftende Rosmarin. Der Wind lässt nicht nach. Über seinem Kopf jagt eine Herde schneeweißer Schafe dahin, angetrieben von einem bellenden Schäferhund, der mit dem Schwanz wedelt. Ein Sturzbach aus kühler Luft bringt die Felsen zum Sprechen. Ti-tìa, Ti-tìa. Habichte schnellen gegen den Wasserfall wie Lachse. Da nähern sich Schritte, entfernen sich … Sie ist nicht gekommen, und das bedeutet, dass alles aus ist. Dass es nicht einmal genügt, wenn man sich liebt. Dass die bösen Stimmen gewonnen haben. Der Wind hier oben könnte sie eigentlich forttragen, doch Clorinda hat sie verinnerlicht. Liebe allein genügt nicht. Bustianu spürt jetzt eine Erschöpfung, wie er sie noch nie empfunden hat. Die Erschöpfung eines Mannes, der sich verloren fühlt. Langsam, ohne sich vom Fels zu lösen, gleitet er hinab und lässt sich auf die Erde fallen.

vier

Dort, im Chor der Kirche,
Steht eine Heilige, die ist aus Gold!
Diese Heilige aus Gold will ich dir bringen:
Für dich werde ich die Madonna stehlen!

Sebastiano Satta,
»Ditirambo di giovinezza«, in: *Canti barbaricini*

Zenobi findet ihn in der Küche. Seit drei Tagen hat er keinen Termin mehr wahrgenommen. Selbst bei Gericht hat er sich nicht blicken lassen. Seit drei Tagen hat er sich nicht rasiert. Zenobi stellt das Paket ab, das er in der Hand hält: »Etwas zum Essen«, sagt er, »von Sisinnia. Alle machen sich Sorgen«, sagt er. Bustianu wirkt abwesend, als wäre er nicht dort in jener Küche, sondern an einem ganz anderen Ort. »Auch Eure Mutter macht sich Sorgen«, fügt Zenobi hinzu. Bustianu deutet ein Lächeln an. »Wieso sollte sie sich Sorgen machen? Sie kann doch froh sein!« Zenobi schüttelt den Kopf: »Nein, so, wie Ihr meint, ist es ganz und gar nicht. Mutter bleibt Mutter.« »Eben«, erwidert Bustianu, aber er hat nicht vor, den anderen wegen dieses nichts sagenden Satzes aufzuziehen.

»Habt Ihr verstanden, was ich damit sagen will?«, fragt Zenobi zweifelnd.

»Ja doch, ich habe dich verstanden.«

»Ich hätte nie gedacht, dass Euch das so mitnehmen würde, Avvocato.«

»Wie, mitnehmen?«, fragt Bustianu herausfordernd. »Mir geht's doch prächtig«, bekräftigt er.

»Es heißt, Ihr hättet eine Menge Arbeit liegen lassen. Übrigens bin ich noch einmal in Bòrore gewesen, darum hattet Ihr mich doch gebeten«, setzt Zenobi noch hinzu, in der Hoffnung, damit Bustianus Interesse zu wecken. Doch Bustianu reagiert überhaupt nicht. Da holt Zenobi eine Hand voll Gras aus der Tasche und legt es auf den Tisch, neben das Paket mit Essen. »Hier, das wolltet Ihr doch haben«, sagt er leicht vorwurfsvoll. »Ist es auch von der richtigen Stelle?«, erkundigt sich Bustianu und betrachtet einen Grashalm. »Ja«, antwortet Zenobi. Ein paar Sekunden schweigen sie. Zenobi steht da und fixiert ihn. »Und?«, fragt Bustianu gereizt. »Ich erkenne Euch nicht wieder«, erwidert Zenobi. »Ich erkenne Euch nicht wieder«, sagt er noch einmal. Bustianu möchte antworten, aber eine Art Knebel hindert ihn am Sprechen, ein Bußgürtel schnürt ihm den Leib ein, eine Hand, eine Faust trommelt gegen seine Brust, ein Nagel bohrt sich durch seine Kehle. »Wenn Ihr es nicht für Euch tun wollt, dann tut es für mich«, bricht es plötzlich aus Zenobi heraus.

»Was denn?«, fragt Bustianu irritiert.

»Werdet wieder Ihr selbst, kommt wieder zu Euch, tut es für mich, ich bin zwar ein Nichts, aber alles, was ich bin, verdanke ich Euch.«

Wie von einer Ohrfeige getroffen, springt Bustianu auf. Zenobi starrt ihn an, er hat Angst. Mit stierem Blick und erhobenen Fäusten geht Bustianu auf ihn zu ... Dann bleibt er plötzlich stehen, als hätte er keine Kraft mehr, er versucht, seinen Atem zu kontrollieren. Dann geschieht es. Der erste Schluchzer klingt wie eine Klage. Dieser Mann ist zum Fürchten, denkt Zenobi, der sich nicht entschließen kann, etwas zu tun. Bustianu ist auf dem Stuhl zusammengesackt und weint. Alle Tränen dieser schäbigen Welt brechen sich Bahn. Er hält die Hand vor den Mund, um den Strom aufzuhalten. Er schüttelt den Kopf, als wollte er sagen: Nein, es ist nicht wahr. Er kneift die Lider zusammen gegen die Tränen. Er weint, trotzig und verzweifelt. Zenobi sieht ihn an. Endlich wieder ein Mensch.

In dieser Nacht hat er geschlafen. Dann bricht der Morgen an.

Jetzt, da er weiß, was er tun muss, ist die Zeit mit ihm. Jetzt, da er dem Kind in sich Tribut gezollt hat, fühlt er sich entschieden besser, er fühlt sich gut. Zwar hat sich der Wind noch nicht gelegt, aber er hat den Wind schon immer gemocht, schon als Kind, damals, als er sich aus Pergamentpapier Drachen baute. Er hat ein ausgiebiges heißes Bad genommen, hat sich rasiert und umgezogen. Er hat alles aufgegessen, was Zenobi ihm am Abend zuvor gebracht hat. Und er hat die Grasbüschel in einen Umschlag gesteckt, zusammen mit einer sehr ausführlichen Liste mit Fragen. Auf den Umschlag schreibt er nun eine Adresse, dann steckt er ihn in die Tasche.

Durch das Küchenfenster sieht er Raimonda über den Hof kommen. Er öffnet ihr, bevor sie klopfen kann. Im Übrigen ist es ihr Haus, sie muss nicht anklopfen.

Als Raimonda hereinkommt, sieht sie sich um, als würde sie ihr Zuhause nicht wiedererkennen, im Ausguss ein paar schmutzige Teller, ein Glas, eine Gabel und ein Messer. »Du siehst gut aus«, sagt sie, und mit einem Seitenblick auf das schmutzige Geschirr fragt sie: »Ist Tzia Tatana nicht zum Saubermachen gekommen?«

»Nein, ich habe ihr gesagt, sie braucht nicht zu kommen, ich will keine Fremden im Haus.«

»Ach, und sauber machst du dann selber! Oder … hast du jemanden, der für dich sauber macht?«

»Ich muss jetzt los«, beendet Bustianu das Thema.

»Ich habe gehört, es geht dir nicht gut.«

»Ja, es ging mir nicht gut, aber das ist jetzt vorbei.«

»Ich hab dir ja gleich gesagt, dass sie nicht die richtige Frau für dich ist.«

Um nichts in der Welt will sich Bustianu diesen Tag verderben lassen, der wie ein neues Leben für ihn ist. Deshalb lächelt er, ein gewinnendes Lächeln. »Wenn Ihr nach Hause kommen wollt, die Tür steht immer offen.« Und damit wendet er sich zum Gehen.

Raimondas Augen werden schmal. »Nie im Leben, solange die da hier ist! Ich bin gekommen, um zu reden, aber wenn du keine Zeit hast …«

Bustianu, der fast schon die Klinke in der Hand hatte, dreht sich um. Er sieht die Mutter an, fast tut sie ihm ein bisschen Leid. »Heute nicht«, sagt er. »Heute wirklich nicht.«

»Wieso, was ist denn heute los?«, fragt Raimonda besorgt. Sie ist zum Ausguss gegangen und hat die Ärmel der Bluse hochgekrempelt, um das Geschirr abzuspülen.

Doch Bustianu ist schon draußen, er kann ihr nicht mehr antworten.

Beim ersten Schlag gegen die Tür fängt Francesca Pattusi an zu zittern wie bei einem Malariaanfall. Beim zweiten springt sie auf. Clorinda schüttelt den Kopf, sie soll unter gar keinen Umständen öffnen. Francesca beginnt, nervös im Zimmer auf und ab zu gehen. Die Schläge werden immer lauter. Endlich deutet Clorinda auf das Fenster. Francesca öffnet es und schaut hinaus.

»Sie ist nicht da!«, ruft sie zu Bustianu hinunter. »Sie ist nicht da. Sie ist verreist.«

Bustianu schaut hinauf. »Dann schreibt ihr, dass ich die Tür eintrete, wenn Ihr nicht sofort aufmacht!«

Francesca schließt das Fenster. »Er hat gesagt, er tritt die Tür ein!«, ruft sie leise der Schwester zu. Wieder geht sie unruhig auf und ab.

»Ich hab's gehört. Sag ihm, dass wir die Carabinieri holen, wenn er nicht fortgeht.«

Diesmal schüttelt Francesca den Kopf. »Nein, das sag ich ihm nicht!«

»Los, mach das Fenster auf und tu, was ich dir sage!«

Da öffnet Francesca das Fenster, lehnt sich diesmal aber nur ganz leicht hinaus: »Wir rufen die Carabinieri«, flüstert sie.

»He?«, erwidert Bustianu.

»Wie bitte?«, stammelt Francesca.

»Ich habe nicht verstanden, was Ihr eben gesagt habt«, erklärt Bustianu.

Francesca schluckt. »Die Carabinieri«, wiederholt sie, doch jedes Mal, wenn sie dieses Wort ausspricht, überschlägt sich ihre Stimme.

»Ah, dann habe ich doch richtig verstanden. Ja, ruft die Carabinieri, was ich Eurer Schwester zu sagen habe, kann ich genauso gut in ihrem Beisein sagen.«

Francesca zuckt zurück. »Er sagt, wir sollen sie rufen«, flüstert sie Clorinda zu.

»Frag ihn, was er will.«

»Was wollt Ihr?«

»Macht auf, und ich sag's Euch.«

Clorinda schüttelt den Kopf.

»Sie will Euch nicht sehen.«

»Ist sie schon wieder zurück?«

»Wie bitte?«

»Vorhin habt Ihr doch gesagt, Eure Schwester sei verreist.«

»Ja, vorhin, aber jetzt will sie Euch nicht sehen.«

»Dann schlage ich eben die Tür ein, Ihr könnt schon mal die Carabinieri rufen!«

Die Schläge prasseln noch heftiger als vorher. Jetzt muss Clorinda ans Fenster.

»Was willst du?«

Bustianu sieht sie von unten an. Sie hat die Haare zusammengebunden wie beim ersten Mal, als er sie sah. »Wie meinst du das?«

»Du sollst einfach sagen, was du willst.« Clorinda muss sich ein Grinsen verkneifen, selbst von hier oben sieht Bustianu nicht gerade klein aus.

Sein Blick ist ganz warm, er lächelt. »Drei Stunden habe ich auf dich gewartet.«

»Wenn ich nicht gekommen bin, dann deshalb, weil ich nicht kommen durfte.«

»Drei Stunden habe ich da auf dich gewartet«, wiederholt Bustianu, aber er wiederholt es, als würde er etwas ganz Neues sagen, etwas, das er noch nie zu jemandem gesagt hat.

»Und nun?« Clorindas Frage ist fast wie ein Nachgeben.

Francesca hinter ihr schüttelt den Kopf.

»Nun will ich dich hier.«

»Wo hier?«

Bustianu schlägt sich gegen die Brust. »Für den Rest meines Lebens will ich keinen Tag mehr verbringen, ohne dich zu sehen«, sagt er voller Zuneigung, aber auch mit leichtem Tadel.

Clorinda weicht ein Stück zurück. Sie will nicht, dass Bustianu sie sieht. Sie presst die Hände vor den Mund, um nicht zu weinen. So wie in diesem Augenblick wird sie ihn vielleicht nie wieder lieben. Das erschreckt sie. Bustianu ist fast bis zum Hoftor zurückgegangen, um sie nicht aus den Augen zu verlieren.

Geh weg, geh weg, wispert Clorinda wie im Gebet. Francesca drängt sich an ihr vorbei und lehnt sich aus dem Fenster.

»Sie hat gesagt, Ihr sollt weggehen!«, schreit sie.

Bustianu beachtet sie gar nicht. »Mach auf.« Das ist kein Befehl, kein Flehen.

»Lasst uns in Ruhe«, wimmert Francesca. »Macht doch kein Aufsehen. Geht weg.«

Bustianu sieht sie an, als hätte er sie erst in diesem Augenblick wieder erkannt. »Wo soll ich denn hin?«, fragt er schließlich.

Francesca sieht ihn mit aufrichtiger Verblüffung an, langsam schüttelt sie den Kopf, wie um zu sagen, dass sie auf diese Frage keine Antwort weiß. Ergeben hebt Bustianu die Arme und streckt die Handgelenke vor, als wollte er sich seinem Kerkermeister ausliefern. In diesem Augenblick öffnet sich die Tür. Von oben sieht Francesca, wie Clorinda ein paar Schritte auf den Hof hinausgeht. Dann bleibt sie stehen. Bustianu geht ihr entgegen, aber vorsichtig, fast als wagte er nicht zu glauben, dass sie es wirklich ist. Sie stehen einen Schritt voneinander entfernt, er bräuchte nur die Hand auszustrecken, um ihr Gesicht zu liebkosen, doch er tut es nicht. Er sieht sie an. Und sie sieht ihn an.

»Es tut zu weh«, sagt sie.

Bustianu nickt. »Ich werde sie schon überzeugen, ganz bestimmt«, versichert er.

»Nein, das wirst du nicht.«

»Ich weiß es nicht«, gibt er zu. »Die ganze Zeit habe ich auf dich gewartet«, sagt er noch einmal.

Clorinda nimmt seine Hand und führt sie zum Mund.

»Komm hoch«, befiehlt sie ihm süß. »Ich mache dir etwas zu essen.«

Bustianu schüttelt den Kopf. Doch er tut das mit fast kindlicher Begeisterung. »Ich musste dich sehen. Jetzt ist es gut. Jetzt muss ich weiter, aber wir sehen uns später ... Wir sehen uns«, sagt er noch einmal, als er schon zum Tor hinaus ist.

Clorinda folgt ihm mit den Augen und rührt sich auch nicht, als er bereits hinter der Ecke verschwunden ist.

Das Postamt ist kaum mehr als ein schlecht beleuchtetes Zimmer. Im Winter wird es mit einem Kachelofen geheizt, der gut ein Viertel des Raums einnimmt. Außerdem gibt es ein Archivregal zum Sortieren der Post sowie einen Tisch, auf dem Briefe adressiert, frankiert und abgestempelt werden. Matteo Sircana ist sowohl Briefträger als auch Schalterbeamter. Wenn er Briefe austragen muss, braucht er nur den Kittel aus- und den Mantel anzuziehen und die Tasche umzuhängen. Die Mütze bleibt drinnen wie draußen dieselbe, darauf prangt nämlich das Wappen, und Matteo Sircana ist stolz auf dieses Wappen.

Als Bustianu hereinkommt, macht sich Matteo Sircana gerade bereit, um die Post auszutragen. »Komme ich zu spät?«, fragt Bustianu.

Matteo Sircana winkt ihn herein. »Bei dem bisschen, was ich heute habe, kann ich gut auch später gehen, Avvocato, kommt nur herein, kommt. Aber Ihr hättet doch den Gerichtsschreiber schicken können.«

»Nein, das ist keine Gerichtssache«, sagt Bustianu und zieht den verschlossenen Umschlag aus der Tasche. »Das ist privat. Ich bin gekommen, weil ich sichergehen wollte, dass er noch heute abgeht.«

»Ihr kommt noch rechtzeitig für die Postkutsche, keine Sorge, er geht heute ab«, versichert Matteo Sircana. »Und tut mir doch den Gefallen und nehmt Eure Post mit, dann spar ich mir den Weg«, fügt er hinzu und kramt in seiner Tasche.

So tauschen sie die Sendungen aus: Bustianu nimmt seine Post in Empfang und Matteo Sircana den Brief, der abgeschickt werden soll.

Als der Postbote den Brief in der Hand hält, verfinstert

sich seine Miene ein wenig. »Ist das auch die richtige Adresse?«, fragt er, um Zeit zu gewinnen, aber offensichtlich liegt das Problem woanders.

Bustianu antwortet zögerlich: »Ja, ich glaube schon … Ich habe doch geschrieben: Herrn Prof. Vincenzo Paleschi, Chemisches Institut, Universität Rom, oder?«

Matteo Sircana nickt und kommt zur Sache: »Avvocato, entschuldigt, ich will mich nicht in Eure Angelegenheiten einmischen, aber was habt Ihr da hineingetan?«, fragt er und tastet den Umschlag ab.

Bustianu muss lachen. Bevor er antworten kann, fragt Matteo Sircana: »Das ist nicht zufällig organisches Material? In meinen Vorschriften steht nämlich, dass ich organisches Material nicht mit der regulären Post verschicken darf.«

»Gras ist da drin, Matté.«

»Gras? Hm. Mal sehen«, überlegt Sircana, während seine Hand nach dem Band mit den Vorschriften greift.

»Hör mal, das ist bestimmt längst getrocknet, ich will es nur analysieren lassen«, sagt Bustianu, bevor der Briefträger zu blättern beginnt.

Matteo Sircana legt den Band zurück auf den Tisch. »Na, wenn es getrocknet ist, Avvocato, dann ist es nicht organisch, oder?«

Bustianu kann einfach nicht lügen. »Ehrlich gesagt ist es auch dann noch organisch, aber es ist, als würde man gepresste Blumen verschicken. Überleg mal, wie viele Leute das machen.«

Zunächst scheint das Argument Sircana zu überzeugen. Aber dann doch nicht so ganz. »Schon, aber Ihr habt selbst gesagt, dass das Zeug organisch ist, und Vorschrift ist nun mal Vorschrift. Ich weiß nicht, wie viele Leute gepresste Blumen verschicken, aber Ihr habt es mir rundheraus gesagt.«

»Na ja, du hast mich gefragt, was in dem Umschlag ist, und ich hab's dir gesagt.«

»Ja, wenn das so ist … Also machen wir es so: Ich habe Euch nicht gefragt, Ihr habt mir nicht geantwortet, und dieser Brief geht in sagen wir drei Stunden nach Rom, so Gott will.«

Am Vormittag geht es bei Gericht hoch her. Es ist der Wind, der zu viele Dinge aufwirbelt. Bustianu muss die Geschworenen für einen Mordprozess befragen. Außerdem hat er einen Mandanten, der offenbar in eine Brandstiftung verwickelt ist … Schließlich muss er Berufung einlegen im Fall eines zwölfjährigen Hirten, der wegen Viehdiebstahls verurteilt wurde. Und außerdem muss er ständig Erklärungen abgeben.

»Was war denn los? Wo bist du gewesen? Bist du untergetaucht?«

Und dann noch die Witzeleien von Pietro Mastino, der sich über sein Aussehen lustig macht.

»Ich glaub, du hast abgenommen, Bustià!«

»Geh zum Teufel, Piè!«

»Warte, wo gehst du hin?«

»Ich geh nach Hause an meinen Schreibtisch, ich hab viel zu tun.«

»Ach was, lass uns einen trinken gehen.«

»Nein, heute kann ich nicht, ich hab jede Menge zu erledigen und will bis Mittag damit fertig sein.«

Pietro Mastino folgt ihm durch den Korridor.

»Warte doch mal!«

»Nein, wirklich, ich hab's eilig.«

»Was ist denn los, bist du sauer wegen unserer Unterhaltung von neulich?«

»Ich bin überhaupt nicht sauer, aber es wartet wirklich ein Berg Arbeit auf mich.«

»Na gut, wenn du es so eilig hast, dann sprechen wir eben ein andermal über Pais Serra.«

Bustianu bleibt stehen.

»Hast du mit ihm gesprochen?«

Mastino nickt.

»Aber du hast mich da in eine unangenehme Lage gebracht, Bustià, er hat nämlich gefragt, worüber du dich mit ihm unterhalten willst.«

»Und was hast du geantwortet?«

»Was weiß ich, was ich geantwortet habe, ich hab gesagt, es geht um einen Artikel, den du schreiben musst. Glaub mir, begeistert war er nicht gerade.«

»Danke, Piè, wirklich, und entschuldige wegen neulich.«

»Hauptsache, du hast dich wieder eingekriegt. Es geht dir doch besser, oder?«

»Ja, entschieden besser. Lass uns ein andermal einen trinken gehen.«

Er rennt nach draußen, wie immer, wenn der Tag voller Verheißungen ist. Der Wind hat nachgelassen, sich aber noch nicht gelegt. Er drückt Bustianu die Hutkrempe ins Gesicht und wirbelt die Jackenschöße hoch, sodass man die Weste sieht. Bustianu ist fast auf Höhe des Priesterseminars angekommen, als jemand ihn ruft. Er dreht sich um. Es ist Pfarrer Farris.

»Avvocato, wenn du mich so rennen lässt, werde ich bestimmt keine neunzig mehr.«

»Mit neunzig begrabt ihr uns noch alle, Herr Pfarrer.«

»Na, lass mich erst mal zu Atem kommen, ständig dieser Wind ...«

»Ja, ja ... Gibt es etwas Dringendes?«

»Etwas sehr Dringendes. Es geht um deine Mutter.«

Bustianus Miene verfinstert sich.

»Fang mir bloß nicht so an«, kommt ihm der Pfarrer zuvor. »Nicht dieses Gesicht, Avvocato, für Drohungen bin ich zu alt.«

»Was für Drohungen denn? Es ist nur, ich habe heute Vormittag einfach zu viel zu tun, also wenn wir es vielleicht verschieben könnten …«

»Nein, wir können es nicht verschieben; meinst du, ich würde hinter dir herrennen, wenn wir es verschieben könnten?«

Bustianu bleibt stehen.

»Dann wäre ich doch ganz gemütlich zu dir in die Kanzlei gekommen. Denn darauf zu warten, dass du dich mal in der Kirche blicken lässt …«

»Die Angelegenheit kann also nicht warten …« Bustianus Ton ist so ironisch, dass der Pfarrer das Gesicht verzieht.

»Bustià, sag selbst, ob sie warten kann. Natürlich kann sie nicht warten! Derartige Probleme muss man umgehend lösen.«

»Und zwar im Familienkreis, Herr Pfarrer, bei allem Respekt.«

Pfarrer Farris zuckt zusammen, Tausende von Runzeln erscheinen auf seiner Stirn. »Pass auf, Bürschchen, sonst schleife ich dich den ganzen Corso hinter mir her! Was glaubst du eigentlich, wen du vor dir hast? Ich bin Beichtvater, ich bin keiner von diesen Gottlosen, mit denen du dich herumtreibst, verstanden?«

»Ihr seid nicht zufällig bewaffnet? Der Bischof hat nämlich angeordnet, dass Ihr keine Waffen tragen dürft.«

»Mach dich nur lustig über mich, wo ich dich doch getauft habe.«

»Weil mich keiner nach meiner Meinung gefragt hat …«

»Mach nur so weiter, spiel nur weiter den Spötter. Familie? Ich bin viel mehr als die Familie! Und jetzt gehen wir irgendwohin, wo man reden kann.«

Und so gehen sie.

In der Kanzlei geht Pfarrer Farris schnurstracks um den Schreibtisch herum, setzt sich in Bustianus Sessel und fordert den anderen auf, ihm gegenüber Platz zu nehmen. Ergeben setzt sich Bustianu. Das Gespräch verläuft wie erwartet: »Das Problem mit Raimonda muss gelöst werden. So kann es zwischen Mutter und Sohn nicht weitergehen. Zumal Raimonda dir Mutter und Vater zugleich gewesen ist, aber das wissen wir ja beide. Warum musst du dich dann so aufführen? Wenn du Clorinda wirklich liebst, gibt es kein Problem.«

»Eben, es gibt überhaupt kein Problem.«

»Siehst du, wie du dich aufführst? Anstatt vernünftig zu sein, markierst du hier den wilden Mann.«

»Herr Pfarrer, Ihr kennt meine Mutter doch, ich bin bald dreiunddreißig.«

»Hör zu, Bustià, das Alter spielt dabei keine Rolle, ich zum Beispiel bin siebenundachtzig, na und?«

»Dann werdet auch Ihr verstehen, dass ein Mann in meinem Alter sich nicht dauernd rechtfertigen kann.«

»Um ein Mann zu sein, muss man sich wie ein Mann benehmen, Bustià. Wenn deine Mutter nicht über ihren Schatten springen kann, dann ist der Moment gekommen, zu beweisen, dass du ein Mann bist!«

»Das sagt sich so leicht, aber meine Mutter akzeptiert die Sache so oder so nicht.«

»Hm, vielleicht hast du Recht, aber dann hättest du wenigstens ein reines Gewissen. Ihr habt doch ein Gewissen?«

»Wer, wir?«

»Ihr Sozialisten.«

»Ja, haben wir, nur keine Beichte, um es zu erleichtern!«

»Das ist gut, wirklich, das muss ich mir merken … Bustià, deine Mutter fühlt sich allein gelassen, ist das so schwer zu begreifen?«

»Wollt Ihr damit sagen, dass ich sie allein gelassen habe? Und mein Bruder, der ist ja auch noch da, das scheint mir ihm gegenüber doch ziemlich ungerecht …«

»Ja, ja, wenn's dir in den Kram passt, stellst du dich dumm. Du weißt doch genau, was ich meine. Was hast du denn jetzt vor?«

»Was ich vorhabe?«

»Mensch, das ist doch eine simple Frage. Die Sache mit Clorinda Pattusi, das ist doch nicht etwa nur ein Zeitvertreib?«

»Nein.«

»Dann tu endlich, was du tun musst: Heirate. Du wirst sehen, das bringt Raimonda zur Besinnung. Clorinda Pattusi ist doch eine anständige Frau. Wusstest du, dass sie und deine Mutter sich in der Kirche begegnet sind? Aber sie haben nicht miteinander gesprochen.«

»Das wusste ich nicht, aber ich habe es mir gedacht.«

»Siehst du, wenn du willst, bist du ganz verständig, Bustià. Raimonda hat ihre Jährchen auf dem Buckel, und in ihrem Alter wird man, wie soll ich sagen, empfindlich: Sie hat Angst davor, allein zu sein. Ihr Leben lang hat sie sich um dich gekümmert, und du bist das Wichtigste, das sie hat. Dein Bruder, das weißt du selbst, hat immer sein eigenes Leben gelebt. Natürlich liebt sie ihn auch, aber das ist etwas anderes … Versuch, mit ihr zu reden. Wenn du ihr verständlich machst, dass sie dir immer noch etwas bedeutet, beruhigt sie sich vielleicht und nimmt Vernunft an.«

»Ja. Das ja. Aber sie darf mich nicht vor die Wahl stellen, das kann sie nicht tun, denn dann weiß ich nicht …«

»Aber eins weißt du, und sie weiß es auch: Eine Mutter kann keine Ehefrau ersetzen.«

»So ist es.«

»Dann sind wir uns also einig: Du bist Anwalt, und nach allem, was ich so höre, sogar ein guter, also bereite die Papiere vor und regle diese Angelegenheit ein für alle Mal. Wie ging dieser Witz mit der Beichte noch mal? Siehst du, bei mir funktioniert's da oben auch nicht mehr ganz richtig … Apropos oben, wir veranstalten gerade eine Sammlung für die Erlöserstatue auf dem Monte Ortobene, du könntest auch etwas spenden, wenn schon nicht aus religiösen, dann wenigstens aus künstlerischen Motiven. Ein bemerkenswerter Entwurf, wirklich hübsch geworden, der Knabe.«

Der Pfarrer will nicht zur Tür gebracht werden. Er kennt den Weg, er kennt alle Wege: die in der Stadt, weil er zeit seines Lebens Almosen gesammelt hat, und die des Gewissens, weil er zeit seines Lebens die Beichte abgenommen hat. Draußen hat sich das Wetter beruhigt. Der Wind hat eine Denkpause eingelegt, jetzt sitzt er irgendwo und wartet ab. Vielleicht hat er die Lust verloren, oder seine Arbeit ist getan. Ohne Mittler legt sich das Licht auf die Dinge.

Bustianu bleibt sitzen und betrachtet den leeren Stuhl. Nimmt man es positiv, ist die Einmischung des alten Pfarrers nur ein weiterer Beitrag zu einer Sache, die sich im Kreis dreht. Nimmt man es negativ, ist es eigentlich nur eine Einmischung. Das Komische ist, dass die Lösung, die der Pfarrer vorschlägt, gar keine Lösung ist, denn die Idee, Clorinda zu heiraten, hat Bustianu schon seit dem Augenblick, als er sie zum ersten Mal gesehen hat. Aber natürlich interessiert sich Farris, wie alle Kleriker, mehr für das Praktische als für das Wesentliche.

Bustianu hat immer gewusst, dass er und Raimonda früher oder später am Scheideweg ankommen würden. Wenn ihn eine Schuld trifft, dann höchstens die, dass er sie hat gewähren lassen, dass er ihr zu viel Hoffnung gemacht und sein Schicksal zu sehr in ihre Hände gelegt hat. Man darf sein Leben nicht von anderen bestimmen lassen, selbst wenn die »anderen« Menschen sind, die man von ganzem Herzen liebt. Deshalb meint Raimonda, die Beziehung zwischen Bustianu und Clorinda richte sich gegen sie. Weil er, Bustianu, nicht genug getan, nicht genug geredet hat. Verdammter Faulpelz.

Maresciallo Poli unterbricht seine Grübeleien. Ohne Vorwarnung ist er durch die offene Tür hereingekommen und hat ihn an den Schultern gepackt. Zornig, mit verzerrtem Gesicht.

»Was ist das?«, schreit Poli und schwenkt den Zettel mit dem Blitz, den Bustianu ihm vor ein paar Tagen gegeben hat. »Ich will wissen, was das ist!« Bustianu sieht ihn an, als wäre er eine Fortsetzung des soeben unterbrochenen Gedankens. »Was denn?«, fragt er. Er ist aufgestanden und hat wieder seinen Platz hinter dem Schreibtisch eingenommen. Poli ist puterrot, er schwitzt sogar. Er knallt die Zeichnung auf den Schreibtisch. Empört brüllt er, er werde sich nicht von der Stelle rühren, bis Bustianu ihm sagt, woher er das hat. Bustianu versucht ihn so gut es geht zu beruhigen: »Setzen Sie sich doch erst mal, beruhigen Sie sich.« Aber Poli will sich nicht beruhigen. »Wissen Sie eigentlich, worum es hier geht?« Bustianu schüttelt den Kopf: Nein, er hat keine Ahnung. Poli ist außer sich, er ist nicht nur wütend, das wäre untertrieben, er rast vor Zorn. »Ich vertraue Ihnen«, sagt er, aber dann verbessert er sich: »Ich habe Ihnen vertraut, und was passiert? Ich bekomme einen Zettel, über den ich nichts weiß und von dem ich nicht erklären kann, wie und warum er bei mir gelandet ist. Ich habe hin und her überlegt, den Kopf habe ich mir zerbrochen, um herauszufinden, was das sein könnte!« Dabei schaut er wieder auf den Zettel. »Vielleicht ein Zeichen, mit dem die Banden ihr Territorium markieren, oder eine Botschaft eines Grundherrn für den Nachbarn, oder ein Signal der Förster? Könnte sein, oder? Könnte doch sein?« Bustianu gibt ihm zu verstehen, dass er seinen Ausführungen folgt. Der Maresciallo fährt fort: »Ich höre mich also um, aber niemand weiß etwas, niemand hat dieses Zeichen je gesehen. Plötzlich werde ich nach Cagliari einbestellt, zu Oberst Berti persönlich, und ich sage mir: Bestimmt gibt es jetzt eine Belobigung wegen der Operation Berrina. Aber was passiert stattdessen?« Hier hält der Maresciallo inne, als wäre ihm die Puste ausgegangen, Bustianu sieht ihn an, wagt aber nicht, etwas zu sagen. Endlich entschließt sich Poli, Platz zu nehmen. »Und die ganze Zeit versuche ich Sie aufzutreiben, aber Sie sind unauffindbar«, sagt er.

»Ja«, bestätigt Bustianu schüchtern, »es ging mir schlecht.«

Polis Wut scheint eine Pause einzulegen, wie der Wind draußen: je regelmäßiger sein Atem, desto versöhnlicher seine Worte. »Stattdessen«, fährt der Maresciallo fort, »werde ich fast degradiert. Berti behandelt mich wie Dreck, dass ich überhaupt noch auf meinem Posten sei, hätte ich nur den ›passablen‹ Resultaten unseres Einsatzes gegen Berrina zu verdanken, sagt er. Ich falle aus allen Wolken.« Bustianu ebenfalls. »Berti fragt mich, wie ich eigentlich dazu komme, in der Gegend herumzulaufen und nach Dingen zu fragen, die mich nicht das Geringste angehen. Ich wende ein: Wenn ich nicht frage, kann ich auch nicht herausfinden, ob mich die Sache etwas angeht oder nicht. Berti findet das gar nicht lustig, er sei nicht zum Diskutieren hier, erklärt er, ich könne von Glück sagen, dass er mich nicht meines Kommandos enthebe. Jedenfalls rate er mir in meinem eigenen Interesse, diese Zeichnung zu vergessen, ob das klar sei? Natürlich nicht, gar nichts ist klar! Aber Berti akzeptiert keine Widerrede. ›Ich verstehe Ihre Lage‹, sagt er, ›es ist nicht leicht an vorderster Front.‹ Sie haben sich nicht verhört, Avvocato, an vorderster Front, hat er gesagt! ›Glauben Sie nicht, wir im Generalstab wüssten die Arbeit, die ihr hier leistet, nicht zu schätzen. Wir verstehen auch, wie schwierig das Umfeld ist, aber dies hier‹, und damit meint er die Zeichnung, ›ist etwas anderes. Ich habe Sie herbestellt, um zu erfahren, wie das in Ihren Besitz gekommen ist.‹ Was sollte ich darauf antworten?« Die Frage ist direkt an Bustianu gerichtet, der die Augenbrauen hochzieht. »Was sollte ich darauf sagen? Dass ich einen Verrückten kenne? Einen Menschen, der Antworten will, ohne Fragen zu stellen?«

Bustianu muss grinsen. Recht bedacht unterscheidet sich Polis Rede nicht sonderlich von der des Pfarrers. Die alte Leier. Das Problem ist immer dasselbe, Bustià: Du willst Antworten, aber du stellst keine Fragen.

»Da gibt es gar nichts zu lachen!«, sagt Poli ärgerlich.

»Ich habe nicht über Sie gelacht«, entschuldigt sich Bustianu, »ich habe über mich selbst gelacht. Sagen Sie mir, was Sie wissen wollen.«

Poli weiß sehr gut, dass Bustianu es ernst meint. »Ich dürfte gar nicht hier sein«, sagt er plötzlich. »Dass ich hier bin, wird meine Lage nicht eben verbessern, verstehen Sie?«

»Spielen Sie nicht Blindekuh mit mir, Maresciallo. Ich habe Verständnis dafür, dass Sie mir Vorwürfe machen, aber ich lasse mich nicht für dumm verkaufen: Sie sind hier, weil Sie in Bòrore das Gleiche gesehen haben wie ich und weil Sie nicht der Typ sind, der sich einschüchtern lässt. Versuchen Sie jetzt bloß nicht, mir etwas vorzumachen.«

Poli ziert sich, aber er weiß, dass Bustianu Recht hat. »Ich kann diese Sache nicht auf sich beruhen lassen«, gibt er schließlich zu. »Und Sie, Sie machen mich ganz verrückt, Avvocato!«

»Machen wir es so«, lenkt Bustianu ein, »wir gehen etwas essen, und ich erzähle Ihnen alles, was ich weiß.«

»Cagnara?« Fast hätte Poli sich am Wein verschluckt. »Doch nicht *der* Cagnara?«

»Genau der«, bestätigt Bustianu. »Deshalb wollte ich ihn mit eigenen Augen sehen.«

»Helfen Sie mir mal auf die Sprünge: Wenn dieser Cagnara zu Marianis Bande gehörte, was hatte er dann bei Berrina in der Cala Sisine zu suchen?«

»Ich glaube, dass Mariani kollaboriert: Straffreiheit gegen Ergebnisse. Und die Denunziation galt nicht Berrina, sondern Cagnara.«

»Weil er in Bòrore war«, lautet die Schlussfolgerung des Maresciallo.

»Genau.« Bustianu nickt versonnen. »Genau deshalb.«

»Und was jetzt?«

»Jetzt sind wir wieder am Anfang. Mariani wollte mit mir sprechen, weil er Schutz braucht.«

»Schutz?«

»Ja, er hat versucht, seine Schäfchen ins Trockene zu bringen, wenn Sie verstehen. Er ist zu schlau, um sich manipulieren zu lassen. Die Tatsache, dass er ein untergetauchter Mörder ist, bedeutet nicht, dass er ein Dummkopf ist.«

»Sie meinen also, Mariani arbeitet mit den Ordnungskräften zusammen, traut ihnen aber nicht.«

»Was Cagnara gesehen hat, hat Mariani die Augen geöffnet, Maresciallo. Er dachte, er könnte sich absichern, indem er einen, sagen wir mal, Notar fände, dem er die Sache übergibt. Also hat er es so eingerichtet, dass ich von der Sache Wind bekam.«

»Was geht hier eigentlich vor, Avvocato?«

»Genau das müssen wir herausfinden.«

»Ich kann nicht viel tun, das ist Ihnen hoffentlich klar? Von Stund an werde ich auf Schritt und Tritt überwacht.« Während Poli spricht, sieht er Mari durch das Lokal auf sie zukommen.

Bustianu, der mit dem Rücken zum Eingang sitzt, fährt fort: »Ich weiß, aber auf mich trifft das nicht zu.«

Mari ist hinter ihm stehen geblieben, Bustianu hört ihn leise keuchen.

»Probleme?«, fragt Poli.

Mari winkt eilig ab, er möge zu Ende essen, die Sache sei nicht dringend. Poli wischt sich den Mund ab, dann legt er die Serviette auf den Tisch und steht auf, um zu Mari zu gehen.

»Was haben Sie denn jetzt vor?«, fragt er Bustianu unterdessen.

»Erst einmal einen Abstecher nach Sassari, ich muss da jemanden treffen.«

»Noch mehr Geheimnisse?«

»Nein, kein Geheimnis. Ich will mit dem Abgeordneten Pais Serra sprechen.«

»Den Namen habe ich schon mal gehört.«

»Ja, vor ein paar Jahren hat Crispi ihn beauftragt, einen Bericht über die Frage der öffentlichen Ordnung auf Sardinien zu verfassen. Ich will ihn etwas fragen.«

»Seien Sie vorsichtig, Avvocato, nehmen Sie diesen jungen Mann mit …«

»Sie meinen Zenobi?«

»Ja. In der Zwischenzeit versuche ich etwas über die Scherbe von Bòrore herauszufinden. Entschuldigen Sie mich«, sagt Poli dann, als er sieht, dass Mari immer verlegener wird. »Nur einen Augenblick.« Er nimmt Mari beiseite.

Kurze Zeit später ist er wieder am Tisch. »Wo waren wir stehen geblieben?«

Bustianu mustert ihn ein wenig, bevor er antwortet: »Sie müssen von dem Lamm kosten, es ist ein Gedicht.«

Der Nachmittag kommt, und mit ihm kommt der Augenblick, auf den er gewartet hat.

Der Wind steht gern im Mittelpunkt. Jetzt verhält er sich wie eine zögerliche Jungfrau, die will und doch nicht will. Erst kokettieren, dann einen Rückzieher machen. Erst lächeln, dann ein finsteres Gesicht machen. Erst rufen, aber Reißaus nehmen, wenn man antwortet.

Clorinda steht da und wartet auf ihn. Sie hört ihn kommen, inzwischen erkennt sie ihn am Gang, erkennt den rhythmischen Schritt, das Knistern des Eichenlaubs unter seinen Füßen. In dieser Stille, da selbst der Wind beschlossen hat zu schweigen, kann sie das Rascheln der Kleider und den ruhigen Atem Bustianus hören, der die Steigung hinaufkommt.

Oben angekommen, sieht er sie, so federleicht, als würde sie gleich davonfliegen. Er bleibt hinter ihr stehen und räuspert sich, um anzuzeigen, dass er da ist.

»Ich habe dich kommen hören«, sagt sie, während sie, ohne den Blick abzuwenden, weiter den Zug der Wolken über die Berghänge beobachtet.

»Wartest du schon lange?«, fragt er. »Bin ich zu spät?« Bustianu ist irgendwie verlegen, so als stünde er ohne Kleider da.

Clorinda versteht ihn, deshalb dreht sie sich auch nicht um. »So, wie es um uns steht, haben wir eigentlich keine Wahl, du und ich«, flüstert sie. Sie hat gelernt, vielleicht auch immer schon gewusst, dass dem Glück des einen stets das Unglück des anderen entspricht. Eine Bedingung, mit der man sich abfinden muss. »Nicht um mich mache ich mir Sorgen«, fügt sie hinzu.

Bustianu hört all das, was sie nicht gesagt hat, und das genügt ihm.

Marieddu Seddone wartet an der vereinbarten Stelle. Obwohl es ein abgelegener Ort ist, fühlt er sich nicht sicher. Die widersprüchlichen Befehle beunruhigen ihn: Erst soll er verschwinden, dann sich bereithalten. Aber er gehorcht, also hält er sich bereit.

Als der Mann, den er treffen soll, auf die Minute pünktlich erscheint, salutiert Marieddu.

»Rühren …«, sagt der Mann.

»Ihr habt mich herbestellt …«, stammelt Marieddu.

»Ja, ja«, unterbricht ihn der andere. »Morgen geht's los«, teilt er ihm mit.

Marieddu beginnt zu zittern. »Schickt einen anderen«, fleht er. »Der Avvocato ist hier ein angesehener Mann. Falls ihm etwas zustößt, dann bricht hier ein … ein …«

»In Sassari. Du tötest ihn in Sassari, auf offener Straße, und du nimmst seine Brieftasche an dich. Vergiss das nicht, es muss aussehen wie ein Raubüberfall, das Werk eines Straßenräubers. Wir werden uns erkenntlich zeigen: Zwei Passagen nach Amerika, ist das recht?«

Marieddu wird von Zweifeln geplagt, aber er zeigt es nicht, zumindest glaubt er das. »Amerika, so weit, es war doch von einer Stelle im Bergbau die Rede …«

»Da will man dich zum Soldaten befördern, in unsere Reihen aufnehmen, meine ich, aber du bist und bleibst nur ein gewöhnlicher Zaptié«, zischt der Mann, »ein afrikanischer Söldner.«

Marieddu senkt den Kopf: »Wann muss ich los?«, fragt er mit einer Stimme, die nicht mehr ist als ein leiser Hauch.

»Heute Abend, jetzt gleich«, sagt der Mann lächelnd. Dann legt er ihm den Arm um die Schulter. »Unsere Aufgabe ist zu wichtig, da wollen wir doch keine Schnüffler dabeihaben, nicht wahr?«

Marieddu Seddone nickt kaum merklich.

fünf

Hört, todgeweihte Archimandriten,
Patriarchen, Wächter
Über uralten Brauch, und auch ihr, Banditen,
Ihr schönen, grausamen, kühnen:
Das Vaterland, das die bittere Seele nährte
Mit Kummer, liegt im Sterben.

Sebastiano Satta,
»Il Poeta«, in: *Canti del salto e della tanca*

Der Abgeordnete Pais Serra strahlt den Glanz eines Herrn aus. Nicht den schweren Glanz des hiesigen Herrn, der durch Vieh und Land reich geworden ist, sondern den Glanz des geborenen Herrn. Reich getauft, sozusagen. Selbst die Nachlässigkeit, mit der er den nicht perfekt gestärkten Kragen trägt, verweist auf jahrhundertelangen Wohlstand. Und auch der lange, struppige Bart wirkt in diesem Gesicht, auf dieser Haut salonfähig.

Er empfängt Bustianu in seinem Arbeitszimmer in Sassari, das kaum mehr ist als ein mit Papieren voll gestopfter Verschlag. Doch der Schreibtisch, an dem er sitzt, ist reich verziert, und an den Wänden hängen bemerkenswerte Bilder.

Der Abgeordnete hat Erfahrung im Umgang mit Unbekannten, er behandelt jeden, als würde er ihn kennen. Auf dem intarsienverzierten Stuhl, auf dem Bustianu jetzt Platz nimmt, haben Tausende von Menschen gesessen, jeder mit einem besonderen Anliegen, mit der Bitte um eine Arbeitsstelle, um Ausgleich für erlittene Ungerechtigkeiten, um eine Wohnung, ein Empfehlungsschreiben, ein politisches Bündnis, ein gutes Wort, eine Rüge …

Jetzt, wo er vor ihm sitzt, weiß Bustianu gar nicht mehr so genau, warum er um diese Unterredung gebeten hat. Im tiefsten Innern ist er zu der Überzeugung gelangt, dass man die ganze Geschichte um Mariani, Cagnara und Elène Seddone nur aufklären kann, wenn man den richtigen Ansatzpunkt findet. Seine Erfahrung sagt ihm, dass dieser Fall, in den er unfreiwillig hineingeraten ist, mit seinen Mitteln nicht zu lösen ist, weil die Ereignisse mit dem Ort des Geschehens nichts zu tun haben. Deshalb ist ihm Pais Serra eingefallen, denn wenn der ihm nicht helfen kann, die Geschichte einzuordnen, dann kann es keiner.

»Ich habe um dieses Treffen gebeten«, beginnt er etwas konfus, »weil ich gern ein paar Dinge verstehen möchte.« Bravo, dieser unmögliche Satz ist ihm einfach so herausgerutscht.

Pais Serra macht ein Gesicht wie einer, der gar nichts verstanden hat, gleichwohl aber den Eindruck vermitteln will, als hätte er alles verstanden.

»Ich schreibe Berichte über die Barbagia für die nationale Presse«, fügt Bustianu hinzu.

Pais Serra nickt. »Ich weiß«, sagt er. »Gelegentlich habe ich schon einen Ihrer Artikel gelesen.« Dann schweigt er und wartet, dass Bustianu fortfährt.

»Ich würde gern ein paar Dinge verstehen.« Da wären wir wieder. »Bezüglich Ihres Berichts über die öffentliche Ordnung in Sardinien.«

»Ach, so ... Genau genommen beschäftigt sich der Bericht gar nicht mit der öffentlichen Ordnung. Dieses Thema tauchte erst später auf, ursprünglich ging es um die Wirtschaft der Insel ... Aber bitte, was genau möchten Sie wissen?«

»Ich wollte eine maßgebende Meinung über die aktuelle Situation hören.«

»Brauchen Sie das für einen Artikel?«

Bustianu lässt sich Zeit. »Ja«, lügt er schließlich halbherzig.

Pais Serra sieht ihn mit einer Mischung aus Ärger und Entgegenkommen an.

»Es geht um die Sondergesetze ...«, fügt Bustianu hinzu.

»Ah«, unterbricht Pais Serra ihn, »dann weiß ich nicht, ob Sie bei mir an der richtigen Adresse sind, Sie wissen doch, dass ich gegen die Politik der amtierenden Regierung bin.«

»Ja, sicher, aber viele sehen gerade in Ihrem Bericht von 1896 die Grundlage für die gegenwärtigen Maßnahmen.«

»Avvocato, als Grundlage können die nehmen, was sie wollen, das ändert nichts daran, dass das Problem der öffentlichen Ordnung in meinem Bericht nicht als Ursache, sondern als Auswirkung behandelt wird. Sehen Sie, Avvocato, Italien ist das jüngste Mitglied in der Familie der Staaten, und das Komische ist, es verhält sich auch wie ein Kind. Sardinien spielt in dieser Familie bestenfalls die Rolle der lästigen Großmutter, verstehen Sie? Hier kann man alles nehmen, ohne etwas dafür zu geben. Das waren meine Schlussfolgerungen.«

»Ja, sicher, die wollten Sardinien um jeden Preis dabeihaben, und das ist das Resultat.«

»Hier muss ich Sie korrigieren, Avvocato, wir wollten doch selbst dem neuen Staat beitreten, in unverdächtigen Zeiten. Immer wieder haben wir Vertreter zu Carlo Alberto geschickt.«

»Ich würde gern wissen, wen die eigentlich vertreten haben ...«

»Das ist nicht das Entscheidende, Sie machen daraus eine Frage des Volkes, der Repräsentativität, aber auf das Volk kommt es in solchen Fällen gar nicht an.«

»Und worauf kommt es an?«

»Auf die Wirtschaft kommt es an. Auf dem Papier sollte die Vereinigung für uns Verbesserungen bringen und zugleich den Piemontesen nützen.«

»Was nicht eingetroffen ist ... für uns, meine ich.«

»Als die Linke an der Regierung war, ging es alles in allem aufwärts, bis zur Schutzzollkrise mit den Franzosen und dem Bankrott der sardischen Banken, wie Sie wohl wissen. Und dann kam Adua …«

»Ich wollte Sie noch etwas anderes fragen …«, wirft Bustianu zögerlich ein.

Pais Serra lässt ein Schnauben vernehmen, aber selbst das tut er mit Eleganz. »Sprechen Sie.«

»Ist Ihnen bekannt, dass in Fragen der öffentlichen Ordnung zweigleisig gefahren wird: einerseits die eiserne Faust und andererseits mehr oder weniger geheime Absprachen mit den Verbrechern?«

Pais Serras Miene verfinstert sich. »Worauf wollen Sie eigentlich hinaus?«, fragt er, diesmal ohne besondere Eleganz.

Bustianu denkt kurz nach. »Ich habe den Eindruck, dass man die sardische Frage zu lösen versucht, ohne sie zu lösen. Wenn man so tut, als könnte man das Problem des Banditentums erfolgreich bekämpfen, eröffnen sich neue Möglichkeiten der Ausbeutung, ohne dass man die grundlegenden Probleme lösen muss.«

»Das heißt?«

»Das heißt, solange Rom uns behandelt wie seinen Hundezwinger, wird es hier nur immer schlimmer.«

»Hundezwinger«, wiederholt Pais Serra mit einem matten Lächeln. »Gut gesagt, aber Sie lassen außer Acht, oder Sie wollen außer Acht lassen, dass die Wärter in diesem Zwinger sämtlich Sarden sind. Suchen Sie nicht so weit in der Ferne, Avvocato.«

»Ich brauche Ihre Hilfe.« Bustianus Stimme verrät keinerlei Gefühlsregung.

Pais Serra sieht ihn an, als sähe er ihn zum ersten Mal.

»Mir wird man nicht glauben, aber Ihnen müssen sie glauben.«

»Was glauben?«

»Das ist eine lange Geschichte ...«

Als er auf die Straße tritt, ist es bereits dunkel. Doch Bustianu kennt sich aus in Sassari. Die Straßenbeleuchtung wirft flackernde Schatten auf die Häuser jenseits der Via del Mercato. Zum Hotel ist es nicht weit. Er ist noch nicht lange unterwegs, kaum hat sich sein Schatten auf dem Pflaster abgezeichnet, da hört er etwas. Zuerst nur eine Art Echo, wie eine Verdoppelung seiner Schritte, gerade als er in die Via del Carmine einbiegen will und fast schon am Ziel ist. Er geht schneller. Das Echo hinter ihm geht schneller. Er dreht sich um: nichts. Oder vielleicht doch: der Zipfel eines Schattens verschwindet in einem Hauseingang. Bustianu sieht sich um, die Stille ist vollkommen, nicht der leiseste Windhauch, um ein bisschen Begleitmusik zu spielen. Er bleibt kurz stehen, um zu lauschen, aber er hört nichts. Er schüttelt den Kopf und tadelt sich: Was tust du da, Bustià? Was ist bloß mit dir los?

Also geht er weiter. Jetzt ist das Echo gedämpft, aber es ist da. Auch der Schatten ist bedrohlicher geworden. Er sitzt ihm im Nacken. Ein paar hundert Meter weiter ist das Schild des Hotels zu erkennen. Bustianu starrt es an, als wäre es eine Fata Morgana. Wie in einem Traum, wenn man etwas zu erreichen versucht, das sich immer weiter entfernt: Genauso kommt es Bustianu nun vor, als rückte dieses Schild immer weiter weg, je länger er geht ...

Erst wird er von hinten gepackt, dann durch einen Schlag in die Seite herumgewirbelt. Der Schatten entpuppt sich als kräftiger Mann mit maskiertem Gesicht.

»Ich habe nicht viel Geld bei mir«, stammelt Bustianu.

Der Mann schweigt und scheint an seinem Geld nicht interessiert. Plötzlich entdeckt Bustianu ein erleuchtetes

Fenster, sein Mund öffnet sich wie von selbst. Doch im Nu hat der Mann seine Hand daraufgelegt. Bustianu spürt die raue Haut auf seinen Lippen. Aber nein, das kann nicht sein, all das widerfährt nicht ihm, er ist nicht der Mann, der da in einer dunklen Gasse überfallen wird! Bustianu hat das Gefühl, als sähe er bei seiner eigenen Ermordung zu. Als würde er in diesem Haus mit dem erleuchteten Fenster wohnen. Dennoch windet er sich, versucht der Umklammerung zu entkommen. Das Aufblitzen einer Klinge zwingt ihn zu Boden. Gleich wird das Messer den Faden durchtrennen, der ihn mit dem Leben verbindet. Er schlägt um sich, dann nichts mehr: Er spürt, wie die Messerspitze seine Gurgel ritzt. Aber er ist nicht tot. Der Mann lockert den Griff, als hätte er eben nur Spaß gemacht, er breitet sogar die Arme aus, wie um sich zu entschuldigen, doch es ist nur die Überraschung. Bustianu verfolgt seine Pantomime, dann sieht er ihn zu Boden fallen. Erst Sekunden später wird ihm bewusst, dass der andere ein Messer im Rücken hat und dass Dionigi Mariani vor ihm steht.

Mariani zieht dem Unbekannten das Messer aus dem Rücken. Dann sieht er Bustianu an. Er würde ihm gern helfen, seine Kleider in Ordnung zu bringen, wagt aber nicht, ihn anzufassen. Langsam lächelt er Bustianu zu, der ihn anstarrt wie einen Geist. Mariani spricht kein Wort, er streckt nur die Hand aus, um Bustianu aufzuhelfen. Doch Bustianu verzichtet auf die Hilfe des Banditen und rappelt sich alleine hoch. Schon steht er wieder einigermaßen sicher auf den Beinen. Mariani erwartet keinen Dank, seine Erfahrung sagt ihm, dass der Avvocato einem wie ihm gar nicht danken könnte.

Der Tote küsst den Boden. Bustianu geht ein paar Schritte, dann bückt er sich, um ihn umzudrehen. Mit unsicherer Hand zieht er ihm das Taschentuch vom Gesicht ... Marieddu Seddone hat den leeren Blick eines Mannes, dem der Tod einen Streich gespielt hat.

»Gehen wir«, sagt Mariani, dem Bustianus Überraschung nicht entgangen ist, nach einer Weile. »Ich sorge dafür, dass er fortgeschafft wird. Ihr braucht jetzt eine Stärkung.« Mit einem leisen Pfiff, der sich anhört wie ein Tierlaut, zaubert Mariani aus dem Dunkel den Rotschopf und Gusai herbei. Ohne dass er ihnen einen Befehl geben müsste, schleifen die beiden den Toten bis ans Ende der Gasse, in die Dunkelheit hinein, aus der sie gekommen sind.

Bustianu steht da wie versteinert, doch alle seine Sinne sind im Alarmzustand.

»Hört zu, Avvocato, Ihr müsst erst mal etwas trinken«, sagt Mariani mit beruhigender Stimme.

Bustianu nickt.

»Warum sollte ich dich nicht anzeigen?«, fragt Bustianu.

Mariani trinkt erst aus, bevor er antwortet. »Tja ... Vielleicht weil Ihr mein Anwalt seid. Da hat man halt gewisse Pflichten, nicht wahr?«

»Nein, ich bin nicht dein Anwalt«, erwidert Bustianu und füllt sein Glas nach. »Zwischen uns besteht offiziell keinerlei Beziehung, schließlich habe ich das Mandat abgelehnt.«

Mariani grinst, als hätte man ihm eine schlüpfrige Geschichte erzählt. »Ach ja? Ich habe Euch doch Geld zukommen lassen.«

»Aber ich habe es nicht genommen«, sagt Bustianu scharf.

Wie sie sich so gegenübersitzen, könnten sie gut zwei Herren sein, die gerade aus dem Theater kommen. Mariani rückt den Hut zurecht. Dann kramt er in der Tasche, legt zwei Fotografien auf den Tisch. Bustianu betrachtet sie. Sie sind aus der Ferne aufgenommen, aber einigermaßen scharf: Auf der ersten sieht man, wie Gusai Bustianu ein Bündel Scheine hinhält, im Hintergrund ist Zenobi zu erkennen. Auf der zweiten streckt Bustianu die Hand nach dem Geld aus.

»Aber ich habe dieses Geld nicht genommen!«

Mariani dreht sich um, um sich zu vergewissern, ob Bustianus heftiger Ton nicht Aufmerksamkeit erregt hat. »Vielleicht, vielleicht aber auch nicht«, sagt er. »Hier jedenfalls sieht es so aus.«

»Wie viel willst du?«

Mariani fletscht die Zähne. »Das ist das zweite Mal, dass Ihr mich beleidigt, Avvocato, und jetzt sagt bloß nicht, ich hätte keine Geduld. Es ist doch so, auf dieser Welt muss es Leute wie Euch geben, aber auch Leute wie mich. Glaubt Ihr etwa, ich hätte mir dieses Leben ausgesucht, wenn ich die Wahl gehabt hätte? Nein, ich musste sehen, wo ich bleibe, weil ich sonst verhungert wäre, Avvocato. Wisst Ihr, was das ist, Hunger? Wisst Ihr, was es heißt, wenn die Banken Euch alles wegnehmen, was Eure Väter und Großväter aufgebaut haben? Wir waren nicht irgendwer, nein, ganz und gar nicht! Wir waren vielleicht sogar besser gestellt als Ihr! Also kommt mir nicht und fragt mich, wie viel ich will, denn was ich will, das könnt Ihr mir nicht geben!«

»Die Justiz kann es dir geben.«

»Die Justiz! Mein Vater hat so lange darauf gewartet, dass die Justiz ihm zurückgab, was diese Halsabschneider ihm genommen hatten, dass er darüber gestorben ist.«

»Und du, du hast dann beschlossen, es ihnen gleichzutun. Das macht dich nicht besser.«

»Schon möglich, aber ich habe meine Ehre: Wer mich beleidigt, der muss dafür bezahlen, wie Marieddu Seddone ... was Euch doch ganz gelegen kam, wie mir scheint.«

Bustianu sieht ihn eine Weile an. »Diese Geschichte mit der Ehre habe ich schon tausendmal gehört ... Bei Gericht wird über nichts anderes geredet. Jetzt hör mir mal gut zu: Keine Ehre kann rechtfertigen, was aus dir geworden ist.«

Mariani nimmt den Hut ab und legt ihn auf den leeren Stuhl neben sich. »Ich verstehe Eure Einstellung, Avvocato.« Sein Tonfall, seine Miene sind reine Wohlerzogenheit. »Aber diesmal verhält es sich anders. Warum, glaubt Ihr, habe ich Euch mit Cagnara sprechen lassen?«

»Weil du dich absichern wolltest, und weil du gewusst hast, dass Cagnara sowieso sterben würde. Apropos Ehre.«

»Vielleicht auch deshalb, aber vor allem, weil Ihr erfahren solltet, was ich Euch nicht sagen konnte, um dann zu tun, was ich nicht tun konnte.«

»Und in Cucullìo warst du, um Berrina ans Messer zu liefern?«

»Vielleicht, vielleicht aber auch nicht, Avvocato. Aber da Cagnara sowieso sterben musste, war es wichtig, dass Ihr ihn anhört, es wäre nicht dasselbe gewesen, wenn ein anderer Euch erzählt hätte, was Cagnara gesehen hat.«

»Für wen arbeitest du, Mariani?«

»Das kann ich Euch nicht sagen. Ich sage nur eins: Wer mich reinzulegen versucht, der bleibt am Ende selber auf der Strecke. Seid Ihr in Bòrore gewesen?«

»Ja.«

»Ich wusste, dass Ihr hingehen würdet. Mit dem, was Ihr da gesehen habt, habe ich nichts zu tun. So etwas tut man einfach nicht.«

»Ja, aber was, was tut man nicht?«

»Vorsicht, ich bin kein Spitzel. Ihr seid mein Anwalt, und Ihr leistet gute Arbeit. Das reicht mir. Ich will nur, dass sie damit aufhören. Sie glauben, durch die Sache mit Elène Seddone könnten sie mich aufhalten.«

»Offensichtlich haben sie Recht, denn du hast prompt reagiert; weil sie dich kennen, wissen sie, dass du einen solchen Vorwurf niemals auf dir sitzen lassen würdest. Also haben sie die Leiche nach Cucullìo geschafft.«

»Ja, aber sie haben mich unterschätzt.«

»Wer, die Carab…?«

»Pssst, das sagt man nicht. Nicht die, die Ihr meint, das hier sind andere.«

»Du weißt, dass ich alles versuchen werde, um dich hinter Gitter zu bringen, Anwalt oder nicht, das weißt du, oder?«

»Ja, ich weiß, das akzeptiere ich. Jeder muss seine Arbeit tun.« Während Mariani spricht, mustert er Bustianu eingehend. »Geht es Euch jetzt wieder gut?«, fragt er.

Bustianu nickt. Er ärgert sich über sich selbst, weil dieser Mann ihm sympathisch ist. Er hat versucht, ihn zu hassen, weil er weiß, dass zu viel sie trennt.

Mariani schaut ihn unverwandt an, ohne etwas zu sagen, fast scheint es, als wüsste er, was der Avvocato denkt. Ein Lächeln huscht über sein Gesicht. »Ihr seid fast am Ziel«, sagt er abschließend und erhebt sich. »Ihr habt gute Arbeit geleistet. Gehen wir, ich begleite Euch ins Hotel.«

»Nein, ich bleibe noch einen Moment.«

Mariani winkt ihm zum Abschied zu. Er ist fast schon an der Tür, als er noch einmal zurückkommt. »Eins kann ich Euch sagen, Avvocato: Hütet Euch vor einer Person in Eurer unmittelbaren Umgebung.«

»Vor wem?«, fragt Bustianu den leeren Boden seines Glases.

Vor wem?

Er sitzt auf dem Bett in seinem Hotelzimmer. Jedes Mal, wenn er in Sassari zu tun hat, steigt er dort ab. Nach allem, was er gerade durchgemacht hat, hilft ihm die vertraute Umgebung. Es ging alles so schnell, dass er noch gar keine Zeit hatte, darüber nachzudenken. Doch jetzt, während er sich mit den Hemdknöpfen abmüht, geht ihm auf, dass er um ein Haar gestorben wäre.

Um ein Haar wäre ich gestorben, um ein Haar wäre ich gestorben, um ein Haar wäre ich gestorben … Er wiederholt den Satz, als enthielten kleine Dosen dieser giftigen Litanei bereits das Gegengift. Marieddu Seddone wollte ihn umbringen. Aber warum? Mit dieser Frage kommt auch die Angst, die Angst, die er gar nicht empfunden hat, als ihm das Messer an der Kehle saß, weil alles viel zu schnell ging. Um sich zu beruhigen, atmet er die vertrauten Gerüche ein: Mottenkugeln aus dem Kleiderschrank, Veilchen aus den Laken, und über allem ein ganz feiner Geruch aus Soda und Desinfektionsmittel.

Dumpf schleppt sich die Nacht voran. Der Tag ist aufgeschlossen, zwanglos, geschwätzig. Doch die Nacht ist streng, untadelig, schweigsam.

Endlich haben sich auch die Manschettenknöpfe ergeben. Er legt sich hin, wie er ist, in Hosen.

Die Zimmerdecke sieht aus wie ein Blätterteig mit Stuckverzierung. Wenn es ihm gelänge, die Gedanken aus dem Kopf zu vertreiben, könnte vielleicht der Schlaf hineinkriechen und sich einnisten. Doch die Gedanken sind aufdringliche Mieter. Gäste, die nie merken, wann es Zeit ist, sich zu verabschieden.

Wie kommt es nur, dass offenbar alle verstehen, was er nicht zu fassen bekommt? Pais Serra hat ihm mit einem Gesichtsausdruck zugehört, als wüsste er besser, wovon Bustianu redete, als dieser selbst. Und auch Mariani weiß etwas, hat sich ihm gegenüber, seinem Schweigekodex zum Trotz, in Andeutungen ergangen.

Nur eines in diesem Durcheinander ist klar: Alle erwarten von ihm, dass er die Teilchen zusammenfügt – Bòrore, Elène Seddone, Berrina, Cagnara.

Die aus Rom haben mit den Banden, die das Sagen hatten, Absprachen getroffen. Was nur beweist, wie geringschätzig sie über Sardinien denken. Abgeordnete und selbst Minister dürfen ungestraft behaupten, dass »man mit bestimmten Erscheinungen aufräumen muss«. Womit keineswegs gemeint ist, dass mit den Banditen aufgeräumt werden soll, vielmehr will man das Problem politisch lösen. Anders ausgedrückt: Mit diesen Leuten müssen wir verhandeln, wenn wir die öffentliche Ordnung dauerhaft wiederherstellen wollen. Kurz: Es gibt den Wolf, und es gibt das Lamm, das Problem besteht nicht darin, das Lamm zu retten, sondern den Wolf satt zu kriegen.

Mariani kann sich ungestört entfalten, solange er nur hier und da ein Aufsehen erregendes Ergebnis liefert. Wird er zu übermütig, hängen sie ihm einen Mord an, den er nicht begangen hat, damit er nicht vergisst, dass sie ihn in der Hand haben. Doch sie wissen nicht, mit wem sie es zu tun haben. Es ist ein großer Fehler, ihn zu unterschätzen, denn Mariani ist ein Verbrecher genau wie sie, nur dass er im Unterschied zu ihnen an etwas glaubt, etwas, das er nicht zu verkaufen bereit ist. Aber an was?

Da liegt der Hund begraben, Bustià, wenn du das herausfindest, fügen sich die Teile vielleicht von selbst zusammen.

Der Stuck an der Decke gerät langsam in Bewegung, verschwimmt. Der Schlaf bohrt Tunnel, um Fühlen und Denken zu unterhöhlen.

Bustianu hört ein Kratzen. Im Halbschlaf meint er, einen Maulwurf graben zu hören, einen Augenblick lang sieht er ihn durch die Fliesen vor dem Bett lugen. Dann nimmt der noch wache Teil seines Hirns wahr, dass jemand an die Tür seines Zimmers klopft. Abrupt setzt Bustianu sich auf. »Wer ist da?«, fragt er. »Ich bin's«, lässt sich unsicher der Nachtportier vernehmen, der darauf vertraut, dass man ihn an der Stimme erkennt. »Wer ich?«, fragt Bustianu, während er nach dem Morgenmantel sucht. Doch bevor der andere antworten kann, hat er schon die Tür geöffnet. »Ihr habt Besuch«, verkündet der Portier und deutet auf einen Schatten im Flur. »Um diese Uhrzeit?« Bustianus Stimme sucht nach der passenden Tonlage. »Ich schlafe nie«, entschuldigt sich eine Stimme, die er kennt. »Tretet ein«, bittet Bustianu den anderen.

Jetzt, da sie sich gegenüberstehen, ist der Unterschied in der Körpergröße überdeutlich. Der Abgeordnete Pais Serra ist klein, im Vergleich zu Bustianu sieht er aus wie ein Waldschrat. »Ich habe den Portier gebeten, mich zu begleiten, weil ich Euch um diese nachtschlafende Zeit nicht erschrecken wollte. Ich schlafe nie, vielleicht das Alter, die Gedanken ...«

Bustianu geht ihm ins Zimmer voran. Der Portier hat sich in seine Loge zurückgezogen. »Nehmt Platz«, sagt Bustianu und deutet auf einen gepolsterten Sessel. Pais Serra lässt sich nieder, nachdem Bustianu sich aufs Bett gesetzt hat. »Alles, was ich Ihnen jetzt sage, werde ich außerhalb dieses Zimmers bestreiten«, beginnt er. »Wissen Sie, unser Gespräch heute Nachmittag hat mir sehr zu denken gegeben. Ich habe Sie nur empfangen, um Avvocato Mastino einen Gefallen zu tun.« »Das war mir klar.« Bustianu flüstert, um den Abgeordneten nicht aus dem Konzept zu bringen. »Aber«, fährt dieser fort, »Sie haben da in ein Wespennest gestochen, Avvocato.«

»Das war nicht meine Absicht«, gibt Bustianu zurück.

»Mag sein, trotzdem ist es so. Aus Ihren Worten habe ich geschlossen, dass sie es getan haben.«

»Getan? Was denn?«

»Etwas, auf das weder ich noch Sie Einfluss haben. Vielleicht können wir es verzögern, vorläufig, aber was da in Gang gesetzt wurde, ist unumkehrbar.«

»Ich bin versucht, Ihre Worte als sibyllinisch zu bezeichnen«, bemerkt Bustianu, »aber nicht einmal diese Definition scheint mir hinreichend.«

Pais Serra lächelt: »Da kommt der Jurist zum Vorschein, sehr scharfsinnig.«

»Zu freundlich, aber wenn wir zur Sache kommen könnten …« Bustianu ist todmüde.

»Gut«, hebt Pais Serra wieder an. »Ein paar Monate nach Amtsantritt der neuen Regierung ist ein Gerücht aus dem Kriegsministerium durchgesickert … Bedenken Sie, das war kurz nach der vernichtenden Niederlage von Adua.«

»Ja, und weiter?«

»Es hieß, ein sehr kleiner Kreis habe sich auf ein Protokoll zur Gründung einer Geheimorganisation verständigt, um die Rückkehr zur Kolonialpolitik vorzubereiten. Sehen Sie das Paradox? Adua war der größte Fehler der Linken, gleichzeitig jedoch das einzige Mittel, um die Wirtschaftskrise zu überwinden. In dem Protokoll ging man davon aus, dass wir uns bei einer Rückkehr nach Afrika keine weitere Niederlage mehr erlauben könnten. Verstehen Sie?«

»Nicht im Geringsten.«

»Man wollte den totalen Krieg proben, Spezialeinheiten nach deutschem Vorbild aufstellen. Offiziell wurde das Protokoll nicht in die Tat umgesetzt, weil sich kein geeignetes Gelände fand. Viele Abgeordnete hatten sich dagegen ausgesprochen, für derartige Versuche nationales Territorium bereitzustellen.«

»Aber schließlich«, wirft Bustianu ein, »hat man dann doch ein geeignetes Gelände gefunden, wollen Sie das sagen?«

Pais Serra streicht den Bart glatt: »Sie werden verstehen, Avvocato, das ganze Protokoll unterliegt absoluter Geheimhaltung, diese Sache publik zu machen würde nichts nützen, denn das Protokoll ›Andere Welt‹ existiert offiziell gar nicht.«

»Andere Welt?«

»Ja, das ist der Name, der herumgeisterte. Da sehen Sie, wie wenig die Wärter darauf achten, was in ihrem Hundezwinger vorgeht, Avvocato.«

»Hm«, ereifert sich Bustianu, »was hatten sie schon zu verlieren? Ein nutzloses Territorium, ein paar Häuser, ein paar Katzen, da haben sie halt ein Auge zugedrückt.«

»Sehen Sie, Avvocato, das habe ich an euch Leuten aus der Barbagia immer bewundert …«

»Was denn?«

»Dass ihr selbst schwerste Anschuldigungen vorbringt, als wären es Komplimente.«

»Ich sehe nur, dass auch Sie darüber reden, als wären wir wirklich in einer anderen Welt. Aber wir sind hier!«

»Ich verstehe, was Sie meinen.«

»Nein, das verstehen Sie nicht! Sie verstehen gar nichts.«

»Das ist alles, was ich weiß. Den Rest kann ich mir nur zusammenreimen.«

»Da muss ich Ihnen noch einmal widersprechen, Herr Abgeordneter, gar nichts können Sie sich zusammenreimen. Und jetzt, wenn Sie erlauben, möchte ich ein paar Stunden schlafen, ich bin müde und reise morgen sehr früh ab.«

Hinter Macomer überkommen ihn heimatliche Gefühle. Eine Fülle breitet sich in seinem Bauch aus, steigt dann als kräftiger Geschmack in die Kehle. Er kennt jeden Strauch. Jedes Tier. Jeden Windhauch. Er kennt jeden Berg, jeden einzelnen Fels. Er hat sie immer gekannt, sie sind mit ihm geboren. Bei jeder Reise hat er sie in seinem Herzen mitgenommen. Und da sind sie wieder, unerschütterlich und vertraut. Der Duft von Lorbeer. Die Steinfrucht des Kreuzdorn. Dort ein Turmfalke. Die Spur eines Stachelschweins, der Bau eines Wiesels. Eine Schnecke hat sich an den Blättern der Hundsrose gütlich getan, eine Krähensippe an frühreifen Feigen. Die Berge liegen da wie gescheckte Rinder, die Luft erzählt Geschichten von Hornissen und Libellen.

Da sind sie, hartnäckig wie die Liebe, wie ein Versprechen, das eingelöst wird, ein Schwur, der geleistet wurde. Wie ein Teil seiner selbst, den er nicht zur Abreise überreden konnte, der auf der Schwelle auf ihn gewartet hat, die Tage, Stunden, Minuten zählend …

Mari klopft, öffnet die Tür einen Spaltbreit und streckt den Kopf herein.

»Ja?«, fragt Poli, ohne den Blick von der Zeitung zu heben, in deren Lektüre er vertieft ist.

»Ein dringendes Telegramm«, verkündet Mari und tritt ins Zimmer.

Poli liest weiter und hält ihm die offene Hand hin, der andere legt das Telegramm hinein. »Danke«, sagt Poli, ohne den Kopf zu heben. Dann legt er das Telegramm auf den Schreibtisch. Mari geht hinaus, leise, wie er gekommen ist.

Zenobi faltet das Telegramm zusammen.

»Was ist?«, fragt Sisinnia.

»Nichts, der Avvocato bittet mich um einen Gefallen.«
»Der Avvocato?«, fragt Sisinnia besorgt.
»Ja, er war verreist, aber jetzt kommt er zurück, und vorher soll ich ihm einen Gefallen tun.«

Ach du meine Güte, denkt Poli, während er das Telegramm liest. Wie hat er denn das angestellt? Hat er den Postbeamten aus dem Bett gezerrt? Meine Güte!

AUF RUECKREISE NACH NUORO – STOPP – SOFORTIGE UEBERPRUEFUNG ALLER ADUA-VETERANEN IN CARABINIERI-POSTEN – STOPP – ERWARTE VOLLSTAENDIGE LISTE BEI EINTREFFEN – STOPP.

»Mari!«

Mari erscheint unverzüglich. »Zu Befehl, Herr Kommandant!«

»Ich brauche dringend eine Akte.«

AUF RUECKREISE NACH NUORO – STOPP – PERSOENLICHE HABE VON MARIO SEDDONE UEBERPRUEFEN – STOPP – DRINGEND – STOPP – MACH ES AUF DEINE ART – STOPP – KOMM NICHT MIT LEEREN HAENDEN ZURUECK – STOPP.

»Komm nicht mit leeren Händen zurück«, wiederholt Zenobi bei sich, während er sich auf den Weg zum Haus der Seddones macht, wobei man von einem Haus eigentlich nicht sprechen kann …

Vor Bustianus Haus warten Leute. »Heute Morgen habe ich keine Zeit, kommt später wieder.«

»Später ist zu spät, Avvocato, wenn er nach Cagliari verlegt wird, wie stehe ich dann da, allein mit dem Kind. Mein Bruder, Avvocato, der ist doch erst sechzehn! Heute, habt Ihr gesagt, Avvocato.«

»Ja ja, ich weiß, was ich gesagt habe, aber es ist mir

etwas dazwischengekommen, ihr müsst mich entschuldigen, aber heute Morgen geht es wirklich nicht.«

Dann betritt er den Hof seines Hauses, während die Verzagtheit an ihm nagt.

Es ist ihm egal, was Pais Serra gesagt hat. Und weil es im Haus so still ist, denkt er das nicht nur, er sagt es laut in die Reglosigkeit hinein, die ihn umgibt. Es ist ihm egal, dass alles, was er tun kann, den Lauf der Dinge nur verzögert. Was man heute aufhält, wird morgen doch zu Ende geführt. Und morgen wird es noch mehr selbstgerechte, bestenfalls machtlose Politiker und achtlose Wärter geben. Man wird es nicht Andere Welt nennen. Man wird einen anderen Namen finden. Das weiß er alles! Und auch morgen wird die Nation, die keine ist, so tun, als wäre sie eine. Und auch morgen wird man die Schuld immer noch bei den anderen suchen, nie bei sich selbst.

Schließlich hat Zenobi etwas gefunden. Von den Bergen kommt ein leiser Wind, der ungehindert durch die glaslosen Fenster hereinweht, Fenster, die kaum mehr sind als Löcher in den Wänden aus Naturstein.

Im Haus von Marieddu Seddone war nur der alte Vater. Er saß an einem Tisch, von dem er gemeinsam mit den Mäusen gegessen hat.

»Man muss etwas tun für den Alten, Avvocato, eine Schande ist das! Er ist ganz allein und ruft nach den Kindern. Ich habe mir gedacht, dass ich Sisinnia hinschicke, damit sie wenigstens ein bisschen Ordnung schafft. Er hat mich kaum angesehen und mich zuerst mit Marieddu verwechselt. Ich habe ihn gefragt, ob seine Angehörigen wissen, dass er ganz allein ist. Was ist das bloß für eine Familie! Also wirklich, einen Alten im Dreck verkommen lassen. Ihr müsst Eurer Schwester Bescheid sagen, habe ich zu ihm gesagt. Darauf er, er habe Elène zu ihr geschickt, sie müsse gleich wiederkommen, und Marieddu auch. Da ist mir ganz anders geworden, Avvocato, es war einfach unerträglich! Ich habe ihn draußen in die Sonne gesetzt, und er war's zufrieden. Dann habe ich mir vorgenommen, Sisinnia zu ihm zu schicken. Ich bin allein ins Haus zurück; das ist kein Haus, Avvocato, eher ein Stall oder schlimmer noch, denn ich habe schon manchen Stall gesehen, der sauberer war. Ich kann so etwas nicht mit ansehen! Jedenfalls gibt es keinen Fleck im Haus, wo ich nicht nachgesehen hätte, da waren aber nur Strohsäcke zum Schlafen und ein Feldbett.

Der Wind fegt über den Boden aus gestampfter Erde. Neben einem Erdloch, das als Feuerstelle dient, steht ein Eimer für die Exkremente. Nicht einmal die Tür ist eine richtige Tür, sondern ein Loch in der Wand. Woher bekommen die bloß ihr Wasser? Dann waren da noch ein paar Lumpen auf einer Kiste in einer Ecke. Was für ein Gestank!

Nicht, dass es viele Möglichkeiten gegeben hätte, Avvocato. Ich habe in die Kiste geschaut, und da bin ich dann fündig geworden. In der Kiste waren auch Waffen: ein altes Gewehr, das seit ewigen Zeiten niemand mehr gereinigt hat, und eine Pistole. Die war blitzblank. Ich habe nach etwas gesucht, um die Waffen und den Rest einzupacken. Wusstet Ihr, dass Marieddu Seddone den Afrikafeldzug mitgemacht hat? Wusstet Ihr das?

Und die ganze Zeit, während ein Fremder sein Haus durchwühlt, hat der Alte dagesessen und in das Stückchen Himmel über der Gasse gestarrt.

Bei allem Respekt, Avvocato, er hat dringend ein Bad gebraucht, denn er hatte sich in die Hose gemacht. Also habe ich mir gesagt, ich nehme ihn mit zu mir. Das kann man nicht mit ansehen, es bringt Unglück, wenn man bei so etwas tatenlos zusieht. Ich nehme ihn mit nach Hause, habe ich mir gesagt, dann gehe ich zu den Verwandten und rede ein ernstes Wörtchen mit ihnen, schließlich sind die Seddones zahlreich wie die Karnickel! Es kann doch nicht sein, dass es in der ganzen Verwandtschaft kein Frauenzimmer gibt, das sich dieser armen Seele annimmt! Zumal es sowieso nicht mehr allzu lange dauert, das sage ich Euch, und dann ist es doch Christenpflicht, ihn mit rasiertem Gesicht, sauberen Kleidern und vollem Bauch zu seinem Schöpfer zu schicken. Ich habe mich ein wenig verspätet, Avvocato, denn es hat etwas gedauert, bis er aufstand!

Aber nicht, weil er sich gewehrt hätte, nein, eher weil er nichts tut, weil er alles mit sich machen lässt. Als trüge man einen stinkenden Lappen mit sich herum.

Deshalb habe ich mich verspätet. Die Kiste habe ich so wie sie war hergebracht und im Hof stehen lassen. Besser, man bringt sie nicht ins Haus, wer weiß, was darin ist …«

Eine einfache Infanterieuniform. Ein Entlassungsschein, von einem pflichtbewussten Soldaten in Schönschrift sorgfältig ausgefüllt. Und dann dieses Ding. Eine Haut wie von einem Menschen, der sich gehäutet hat. Die schmierige Epidermis eines riesigen Reptils mit einem gelben Blitz auf dem Rücken. Und eine Maske. Das Gesicht eines zahmen Ochsen oder eines Ameisenbären mit glänzenden Augen und einem Rüssel.

Zenobi betrachtet den Anzug, der auf der Erde liegt wie ein toter Körper, er wagt nicht zu fragen, worum es sich handelt. Bustianu beugt sich über den leeren Kokon und betrachtet die Maske, die Schutzgläser, von denen eins zerbrochen ist.

»Wir haben das Ungeheuer gefunden«, flüstert Bustianu und starrt unverwandt den Anzug an.

Zenobi sieht aus wie ein tödlich beleidigtes Kind. Wie um die Augen von dieser toten Hülle loszureißen, beugt er sich über die Kiste von Marieddu Seddone. Ziellos kramt er darin herum.

»Hier ist ein Brief«, sagt er dann.

Skeptisch wölbt Bustianu die Augenbrauen. »Ein Brief«, echot er, »merkwürdig, wo Marieddu Seddone doch kaum lesen konnte.«

»Ja«, bestätigt Zenobi, doch dann wird seine Stimme plötzlich schrill, »aber seht mal, wer ihn geschrieben hat!«

»Sag mal, Mari«, hebt Poli an. »Du warst doch in Afrika, wenn ich nicht irre.«

Mari nickt knapp. »Drei Jahre«, sagt er mit gesenkter Stimme. »Aber nur in der Etappe.«

»Aha, also nicht an der Front …«

»Nein, nicht an der Front«, bestätigt Mari. »Aber es ist nicht, wie Sie denken.«

»Wie bitte?« Es dauert einen Augenblick, bis Poli Maris nervöses Blinzeln bemerkt.

»Mit Verlaub, Signor Maresciallo, ich wollte sagen, dass dort überall die Front war.«

»Verstehe, Mari, ich wollte nicht … Falls du den Eindruck hattest …«

»Wie hier, Signor Maresciallo.«

»Sicher, sicher«, sagt Poli in einem Ton, als wäre er mit seinen Gedanken schon wieder woanders.

Mari rührt sich nicht, offenbar hat er sich jetzt wieder unter Kontrolle, sein Blick ist jetzt wachsam. »Die Akten«, sagt er dann, als er sieht, dass Poli ihn weder entlässt noch weitere Befehle erteilt.

»Ach, ja«, entgegnet Poli. »Das Verzeichnis der Kameraden, die den Afrikafeldzug mitgemacht haben und noch im Dienst sind, genau. Aus irgendeinem Grund, den ich nicht kenne, wollte der Avvocato ...«

»Das dürfen Sie nicht zulassen!« Maris Stimme klingt jetzt empört.

Poli hofft, dass er sich verhört hat, einen Augenblick wünscht er sich, er hätte diesen Ton nicht gehört. »Aber, aber ...«

»Man darf diese Leute nicht zu Vertraulichkeiten ermuntern, Maresciallo. Das sind Wilde, ich kenne sie, in Afrika habe ich viele erlebt, die so waren wie sie: erst essen und dann in den Teller spucken, sie machen auf gut Freund, aber insgeheim wollen sie nur unseren Tod.«

»Ich verbiete Ihnen ...«, ruft Poli aus, aber er kann den Satz nicht beenden.

»Sie sollten sich lieber auf unsere Seite stellen«, zischt Mari.

Ein paar Sekunden herrscht peinliches Schweigen, bis sich die Verlegenheit verliert, die ihr heftiger Wortwechsel hervorgerufen hat.

»Ich bitte um Verzeihung«, murmelt Mari unterwürfig.

Poli weiß nicht, was er sagen soll, er ist überrascht, aber auch beunruhigt. »Ich verzeihe dir, aber nur, weil die letzte Zeit für uns alle schwer war. Du kannst jetzt gehen.«

Mari salutiert. Er dreht sich um und will gehen. Dann kommt er noch mal zurück. »Mit Verlaub, Maresciallo, ich hätte da vielleicht eine Information für Sie.«

Poli sieht ihn an und wartet, dass er fortfährt.

»Vor ein paar Tagen haben Sie in der Kaserne herumgefragt, ob uns schon mal ein gewisser Ausrüstungsgegenstand untergekommen ist.«

»Ja«, ermutigt Poli ihn.

»Also, damals habe ich gesagt, ich wüsste nichts darüber, aber die Zeichnung, die Sie mir gezeigt haben, hat mich an etwas erinnert.«

»Und woran, Mari?«

»Hier in der Kaserne kann nicht darüber sprechen. Um Ihnen alles zu erklären, müssen wir nach draußen, hier geht das nicht.«

»Willst du damit sagen, dass ich ausspioniert werde?«

Mari nickt.

Poli trommelt mit den Fingern auf den Schreibtisch, dann greift er plötzlich nach dem Hut. »Lass die Pferde satteln, wir reiten irgendwohin, wo man reden kann.«

»Zu Befehl!«

Sie rennen. Hinten Zenobi, vollauf damit beschäftigt, mit Bustianu Schritt zu halten. Vorneweg Bustianu, von düsteren Vorahnungen getrieben und gegen den Wind ankämpfend. Der hat den Müßiggang aufgegeben und treibt nun im Dorf seinen Schabernack, eilt bald hierhin, bald dorthin und verteilt Hiebe. Elender Mistkerl! Zumal man nie weiß, woher er kommt. Von vorne oder von hinten. Ins Gesicht oder in den Rücken. Von rechts oder von links. Einer, der sich allein deshalb mit dem Regen zusammentut, weil es ihm Spaß macht, die Regenschirme zu zerfetzen. Weil es ihm Spaß macht, pfeifend durch die Ritzen zu fahren. Ein Hexenmeister, der so schnell wieder verschwindet, wie er aufgetaucht ist. Der sich unter der Erde bildet, nicht in der Luft. Der dafür sorgt, dass die Laune der Leute zusammenbricht wie ein Kartenhaus. Verdammt!

Sie rennen zur Kaserne. Bustianu hat es eilig, weil ihm Böses schwant. Er weiß es. Er weiß, dass er diesmal in eine Sache hineingeraten ist, die niemals abgeschlossen sein wird. Aber das ist ihm egal. Jetzt geht es nur darum, den Schaden zu begrenzen und, so lange es geht, weitere Opfer zu verhindern.

Während er so dahinrennt, fällt ihm ein, wie er als Kind im Hof vor den Hortensien Barrikaden baute, um sie vor dem Mistral zu schützen. Sie hielten nicht lange, doch er gab nicht auf und fing immer wieder von vorne an. Jedes Mal musste er wieder von vorne anfangen.

Zenobi rennt hinter ihm her. Die Ungewissheit hindert ihn daran, zu Bustianu aufzuschließen, der offenbar Selbstgespräche führt: »Dummkopf«, sagt er, »was für ein Dummkopf. Wie kann man nur so dämlich sein.« »Vorwärts«, sagt er, »vorwärts.«

Sogar die Steine in den Mauern wackeln. Die Straße dampft, als würde unter der festgestampften Erde ein Feuer lodern. Einen solchen Wind hat es noch nie gegeben. Aber das stimmt nicht, man sagt »noch nie« und meint eigentlich »immer schon«.

Unter dem Bogen beim Priesterseminar hat sich eine Schar heulender Erinnyen versammelt, die einem den Atem abschneiden, den Brustkorb zusammendrücken, den Schritt bremsen. Vor der Kathedrale schreien die jüngst gepflanzten Bäume, dass sie es nicht mehr aushalten. Arme Pflanzenkinder!

Darüber ein unerbittlicher Himmel, grausam und gleichgültig. So klar, unnatürlich klar, denn nichts auf dieser Welt sollte absolut rein sein!

Es ist nicht gut, dass Bustianu darüber nachdenkt, denn der Gedanke nimmt ihm den Atem. Er wird langsamer, dabei hat er doch keine Zeit zu verlieren.

Der Posten vor der Carabinieri-Kaserne hat Mühe, sich auf den Beinen zu halten, mit einer Hand reibt er sich die tränenden Augen.

Bustianu bleibt vor ihm stehen. Wenig später kommt auch Zenobi. Er sieht, wie Bustianu der Wache ins Gesicht schreit. Der Posten schüttelt den Kopf, deutet in die Richtung, aus der sie gekommen sind.

Bustianu macht kehrt. Der Wind versetzt ihm einen solchen Stoß, dass er einen Satz macht und fast gegen Zenobi geprallt wäre. »Sie sind weg!«, schreit Bustianu. »Sie haben die Pferde genommen. Die Pferde!«, brüllt er. »Sie haben höchstens eine halbe Stunde Vorsprung.« Zenobi sieht ihn unsicher an: Würde er ihm nicht sein Leben verdanken, würde er ihm nicht alles verdanken, dann würde er ihn seinem Wahn überlassen, denn in letzter Zeit scheint der Avvocato nicht ganz richtig im Kopf. »Mit dem Pferd?« Auch er muss schreien. Bustianu zuckt mit dem Kopf, als wollte er ein lästiges Insekt verscheuchen. »Ja!«, kreischt er, »komm schon!« Und schon hat er den Weg zur Kathedrale eingeschlagen. Und wieder folgt Zenobi einem Bustianu, der Selbstgespräche führt. »Die Pferde«, sagt er zu sich selbst, »wir müssen die Pferde holen. Vorwärts«, sagt er, »vorwärts.«

Außerhalb der Stadt hat Mari die Pistole gezogen, Maresciallo Poli die Hände gefesselt und am Sattelknauf festgebunden. Mari hat viel zu erzählen: von Afrika, dem Afrika in Afrika und dem in Sardinien, schließlich werden beide von Wilden bewohnt. Von einem zukünftigen glanzvollen Reich, von einer unschlagbaren Waffe, die beim Einatmen tötet, von Elitekorps, gottgleichen Männern, stolzen Kriegern, auserwählten Rassen. Von Opfern, die gebracht werden müssen: minderwertige Menschen wie Afrikaner und Sarden, all die Afrikaner und Sarden dieser Welt. Fürs Erste jedoch, so lauten die Befehle, gilt es, alle Spuren zu verwischen. Ein Jahr, vielleicht auch länger, wird man abtauchen, dann einen neuen Anlauf nehmen.

Mari erzählt seinem Maresciallo, wie oft er versucht hat, ihm aus der Patsche zu helfen. Denn ohne es zu merken, war der Maresciallo in eine äußerst gefährliche Lage geraten. Da hat Mari dafür gesorgt, dass er nach Cagliari bestellt wurde, zum Kommandanten persönlich. Aber Poli hat ja nicht hingehört, auf stur gestellt und lieber auf den Avvocato gehört, diesen Schnüffler.

Jetzt, ja jetzt hört Poli zu und dann wieder nicht, er versteht und dann wieder nicht, doch Maris Blick und seine Worte jagen ihm Angst ein. »Was hat denn der Avvocato damit zu tun?« Mari schnaubt ungeduldig. »Er hat damit zu tun, alle, die Bòrore gesehen haben, haben damit zu tun.« In einem abgelegenen Winkel seines Gehirns beginnt Poli zu verstehen. »Habt ihr den Avvocato ermordet?«, fragt er. Mari schüttelt den Kopf. Als das Telegramm kam, wusste er, dass Marieddu versagt hatte. Doch das bringt ihn nicht aus der Ruhe. »Jedenfalls ist er uns auf den Fersen, zusammen mit seinem Handlanger«, sagt er, »sie sind etwa zehn Minuten hinter uns. Was soll's, dann muss ich mich eben darum auch noch kümmern. Vorläufig reiten wir weiter und lassen uns verfolgen.«

Sie sehen sie. Sie haben ein paar Kilometer Vorsprung, doch durchs Fernglas scheinen sie zum Greifen nah. Sie haben Oniferi hinter sich gelassen und reiten auf Punta Ghirvone zu.

»Wir sollten auf Abstand bleiben«, sagt Zenobi. »Sie sind langsam.«

»Gut, das bedeutet, dass Mari sich sicher fühlt.«

Poli sieht aus wie eine Puppe im Sattel, denn mit gefesselten Händen kann er das Pferd nicht führen. Ab und zu hält Mari an, um ihm zu trinken zu geben. Sie haben Tücher vor dem Mund, als Schutz gegen den Wind, der jaulend wie eine Heulboje von Ottana herunterfegt und ihnen direkt ins Gesicht bläst.

»Was wollen die bloß in Bòrore?«, fragt Zenobi.

»Was heißt hier sie?«, fragt Bustianu. »Poli hätte auf diese Reise bestimmt liebend gern verzichtet!«, stellt er klar.

»Verstehe«, stammelt Zenobi. Dabei versteht er gar nichts. In derartigen Fällen verlässt er sich auf die bewährte Regel, die ihm schon immer geholfen hat: Versuche nie herauszufinden, was einer dir nicht sagen will. Fragen kann man natürlich, aber wenn die Antwort unbefriedigend ausfällt, muss man es ja nicht zeigen.

»Nichts verstehst du. Das kannst du gar nicht.« Bustianu hat ihn ertappt. »Ich habe dir übrigens noch nicht dafür gedankt, dass du neulich zu mir gekommen bist, und ich habe Sisinnia nie für das Essen gedankt, das sie für mich gekocht hat. Es gibt eine Menge Dinge, die ich eigentlich tun müsste und nicht tue.«

Zenobi rückt das Tuch vor dem Mund zurecht und senkt den Blick. »Wenn Ihr tut, was Ihr tut, dann habt Ihr sicher Eure Gründe, auch wenn ich sie manchmal nicht verstehe. Doch wenn es möglich ist, erklärt Ihr mir alles. Und was den Dank betrifft …«

»Da ist etwas, von dem ich nicht möchte, dass du es erfährst, am liebsten hätte ich selbst nie davon erfahren. Jedenfalls merke dir, dass die Dinge immer enden, wo sie begonnen haben.« Bustianu muss daran denken, dass sein Vater, bevor er den Dampfer bestieg, auf dem er dann starb, ihm ein kleines Schiff aus Glas geschenkt hatte.

Unterdessen haben sich Mari und Poli wieder auf den Weg gemacht und reiten jetzt einen sanft ansteigenden Hügelrücken hinauf.

»Sie meiden die Ebene«, stellt Zenobi fest, ohne sie aus den Augen zu lassen. »Bei diesem Wind kommt man auf der Ebene nicht voran.«

»Kaum zu glauben, was, aber die Carabinieri kennen

sich aus, Zenò«, scherzt Bustianu, belässt es aber dabei, denn er will Zenobis Konzentration nicht stören. »Da ist etwas, das ich dich immer schon mal fragen wollte«, sagt er leise.

Zenobi schaut ihn nur schweigend an, doch seine Augen fordern ihn auf fortzufahren.

»Vielleicht kommt es mir nur so vor, aber ich glaube, du weißt, wo Mariani sich versteckt hat.«

»Mariani? Was hat denn Mariani damit zu tun?« Zenobi ist verwirrt.

Bustianu will nicht weiter in ihn dringen. »Lassen wir das«, sagt er.

Auf ihrer Seite des Hangs hält ein Eichenhain den Wind ab. Mari und Poli lassen Hufspuren und staubiges Gebüsch hinter sich. Trotzdem setzt Zenobi das Fernglas nicht ab.

»Wenn wir wissen, wohin sie wollen, warum kommen wir ihnen dann nicht zuvor?«, fragt er, während er einen Mäusebussard beobachtet, der wie ein Pfeil hinabschießt.

»Ich will nichts riskieren. Zwischen Silanus und Bortigali haben wir zu wenig Deckung, außerdem ist es meine Schuld, dass Maresciallo Poli in Gefahr schwebt.«

»Das ist mir klar«, bemerkt Zenobi, dann schlägt er sich mit der Faust auf den Oberschenkel. »Dass Poli in Gefahr ist, nicht dass Ihr daran Schuld seid«, beeilt er sich hinzuzufügen.

Eine Reihe Eukalyptusbäume zeigt an, dass sie das Wasser erreicht haben. In der Majestät dieser Bäume liegt etwas Erhabenes, das sich nur schwer in Worte fassen lässt. Bustianu betrachtet die sichelförmigen Blätter in den wogenden Wipfeln der Bäume. Sogar Minetta hebt den Kopf und lächelt der abblätternden Rinde dieser Könige zu.

»Machen wir eine Pause, damit die Pferde ausruhen«, schlägt Zenobi vor. »Wenn sie in diesem Tempo weiterreiten, haben wir sie in zehn Minuten wieder eingeholt. Außerdem wissen wir ja, wohin sie wollen, oder?«

Bustianu sitzt ab. Minetta nickt, ihre Mähne flattert wie ein Fransenschal.

Sie finden eine geschützte Stelle. Wo der Wind nicht bläst, ist es sogar warm. Sie trinken, Männer wie Pferde aus einer Quelle.

Dann sitzen sie wieder auf. »Ihr hattet übrigens Recht«, sagt Zenobi, während er in den Sattel steigt. »Die Stelle, wo Mariani sein Lager hat, habe ich sofort erkannt.«

Jetzt jagen Wolkenfetzen am Himmel wie Flocken aus einer Wollmatratze, die von der Hausfrau im Hof zum Lüften ausgelegt wird. Auf dem buckligen Bergrücken weiden genügsame, fahle Ziegen, doch es könnten auch Wolken sein, die dem unbekümmerten, gleichgültigen Werk des Windes entkommen sind. Hinter Liscoi haben sie sie aus den Augen verloren. Bustianu scheint gelassen, Zenobi hingegen ist unruhig, immer wieder stemmt er sich in die Steigbügel, um besser sehen zu können. Mari und Poli sind hinter einem großen Fleck blühender Mohrenhirse verschwunden. Zenobi ist verstummt. Er sucht nach einer Möglichkeit, vor ihnen da zu sein, vielleicht wenn sie Richtung Ghilarza abbiegen und dann nach Bòrore galoppieren. Zu weit. Er weiß, dass es nicht zu schaffen ist, obwohl Mari und Poli nur langsam vorankommen. Bustianu ist hin- und hergerissen. Er weiß, dass es riskant ist, wenn sie hinter ihnen bleiben, aber wenn sie einen anderen Weg nehmen und sie aus den Augen verlieren, ist es genauso riskant. Also bleiben sie den beiden Carabinieri auf den Fersen. Erst hinter Santa Binzu sind sie wieder zu sehen. Mari geht zu Fuß und führt beide Pferde am Zügel hinter sich her. Poli sitzt im Sattel. Jetzt sind sie da. Da ist das Eibenwäldchen. Der Geruch scheint wie weggeblasen, bis auf das ranzige Aroma der Ysope und einen leicht bitteren Nachgeschmack, wenn man tief einatmet. Bis hierher kommt der Wind nicht, je tiefer man in das Dickicht vordringt, desto weniger ist er zu spüren. Ein gutes Stück vor der Stelle sind sie abgesessen. Ein paar Minuten gespannten Wartens vergehen. Zenobi ist reglos wie eine Pflanze, Bustianu hält den Atem an.

Ein Augenblick vergeht, dann noch einer.

Das Licht schlägt Schneisen in den dunklen Bauch des Waldes. Als Mari und Poli hinter der Felsspalte verschwunden sind, gibt Zenobi das Zeichen zum Aufbruch. Nach ein paar Sekunden gehen sie los, verlassen die Deckung. Doch als sie durch den Felsspalt kommen, sind sie allein. Mari und Poli sind unsichtbar, haben sich in Luft aufgelöst. Zenobi lädt unverzüglich das Gewehr durch, Bustianu sieht ihn an, sein Mund formt eine Frage. Bevor er sie stellen kann, nickt Zenobi. Er bedeutet ihm, in Deckung zu gehen, und zeigt auf eine Nische zwischen einem Felsen und einem Wacholderbusch. Bustianu verneint: Er wird tun, was getan werden muss. Zenobi schüttelt ärgerlich den Kopf und deutet wieder auf die geschützte Stelle. Bustianu fügt sich.

In der vollkommenen Stille brüllt nur die unterdrückte Angst. Lautlos macht Zenobi sich auf den Weg, wenn sie hier nicht sind, sind sie zum Wasser gegangen, denkt er und schlägt diese Richtung ein. Doch kaum hat er ein paar Schritte getan, hört er ein leises Geräusch, wie ein Zungenschnalzen. Unmittelbar danach beginnt es zu qualmen. Zenobi macht sofort kehrt. Als er wieder bei Bustianu ist, sieht er, dass auch er verstanden hat. Da sehen sie schon die Flammen. Jetzt hört man das Knistern einer Pflanze, die von den Flammen erfasst wurde. Bustianu stellt sich in die Mitte der Lichtung, vor den Eingang zu der Höhle mit den toten Tieren. »Maresciallo«, ruft er, »Maresciallo!« Wie hypnotisiert starrt Zenobi auf die Flammen, die jetzt einen Zistrosenbusch verzehren. Es ist, als wären seine Reaktionen unendlich verlangsamt. »Nein, nein, nein«, flüstert er fassungslos. In dem Wald, dem der Wind alle Feuchtigkeit entzogen hat, kaut das Feuer mit vollen Backen, hämisch züngeln die Flammen auf den Spitzen der Pflanzen, umarmen sie, verwandeln sie in silberne, prasselnde Schatten.

Nicht weit entfernt, oberhalb der Höhle, taucht Mari auf, eingehüllt in dichten Rauch, leibhaftig geworden in dem Scheiterhaufen, der die lebendigen Pflanzen verzehrt. Zenobi zielt auf ihn, schießt, der Schuss verliert sich hinter einem Vorhang aus Rauch. Mari lacht. Bustianu hält sich den Arm vor den Mund und versucht, den Ausgang zu erreichen. Die Flammen wirbeln herum, tanzen leichtfüßig und todbringend, sie haben die Qual der Wahl, begeistern sich wie Kinder im Spielzeugladen. Voller Enthusiasmus zermalmen sie die Eiben, die nur durch leises Bibbern zaghaft Widerstand leisten. Die Feuersbrunst hat allen Sauerstoff verbraucht. »Fort, fort!«, schreit Zenobi, doch Bustianu ruft weiter: »Maresciallo, Maresciallo!« Fast will er schon aufgeben, als er mitten im brüllenden Lärm der rasenden Flammen eine Antwort hört: »Hier, Avvocato, hier.« Zenobi sieht ihn an: »Hier« bedeutet das Inferno, »hier« bedeutet das Herz des Brandes. Mari ist verschwunden. Zenobi dreht sich um, ein paar Minuten noch, und auch der einzige Ausweg zu den Pferden wird ein Flammenmeer sein. »Wir müssen fort!«, schreit er. Aber da ist niemand mehr, dem er diese Anweisung geben könnte. Bustianu hat sich die Jacke über den Kopf gezogen und kämpft sich zu dem glühenden Brandherd vor, von wo Polis Stimme kommt. Zenobi kann ihn gerade noch erkennen: ein schwarzer Schatten vor einer Wand aus Feuer. Er will ihm folgen, doch da wird er zurückgehalten. Aber nicht von einer unsichtbaren Macht, wie er im ersten Augenblick denkt, sondern von Mari, der ihn an den Schultern gepackt hat. Zenobi schüttelt sich wie ein Wildschwein, dem ein Jagdhund im Nacken sitzt. Mari ist von der Reaktion so überrascht, dass er sich hin und her werfen lässt. Zenobi brüllt vor Zorn und schlägt um sich. Als Mari zu Boden fällt, wird Zenobi mitgerissen, und sein Gewehr gleitet ihm aus der Hand. Es bleibt keine Zeit zu reden, doch als er sich mit einem Ruck aus der Umklammerung befreit hat und sich umdreht, kann er ihm ins Gesicht sehen. Diese Augen versprechen nichts Gutes. Warum?, möchte er ihn fragen. Doch jetzt sind sie auf dem Boden ineinander verschlungen wie zwei brünstige Nattern. Mari ist kräftig, sogar ziemlich stark, zwar kleiner als Zenobi, aber muskulöser, eine Ringerstatur. Zenobi streckt die Hände aus, mit aller Kraft, die er im Leib hat, umklammert er seinen Hals, doch Mari stemmt den Unterarm gegen seine Brust und nimmt ihm den Atem; mit jedem Schlag scheinen die Rippen nachzugeben.

Während er weiter vorrückt, spürt Bustianu, wie Asche und glimmende Holzstücke auf ihn herabregnen. Poli ist an einen Eibenstamm gefesselt. Im Wipfel über ihm züngeln bereits die Flammen. Er atmet fast nicht mehr. Mit geschlossenen Augen kämpft Bustianu sich zu ihm vor. An dieser Stelle bekommt man praktisch keine Luft mehr. »Nicht aufgeben!«, befiehlt er ihm fast barsch, während er die Schlingen löst. Poli taumelt, Bustianu stützt ihn, gemeinsam stolpern sie der Rettung entgegen, doch die Feuerfront ist übermächtig.

Zenobi schließt die Augen: Vielleicht wirst du sterben, sagt er zu sich selbst, vielleicht steht geschrieben, dass du sterben wirst, bevor dein Sohn dich kennen lernt, denn alles endet, wo es begonnen hat, und du, der du deinen Vater nicht gekannt hast, wirst einen Sohn haben, der dich nicht kennt. So denkt Zenobi, während sich Maris Schicksal erfüllt.

»Da kommen wir nicht durch!«, keucht Poli. »Doch, doch, wir kommen da durch«, fährt Bustianu ihn an. Er kennt die Natur, er weiß, dass man bei ihr nicht nachgiebig sein darf. Wie bei seiner Mutter. Wenn man entschlossen auftritt, versteht sie schon, begeistert ist sie nicht, aber sie versteht. Ja, genauso ist es, im Grund ihres Herzens erkennt Raimonda sich in diesem ungehorsamen Sohn wieder, denn sie hat ihn nach ihrem Ebenbild geformt. »Wir schaffen es«, sagt Bustianu noch einmal, während die Hitze allmählich unerträglich wird. »Wir schaffen das schon!« Dann zieht er Poli unter seine Jacke und rennt los, den Maresciallo im Schlepptau, als müsste er ihn vor einem Platzregen schützen.

Mari hat die Wut im Leib, die er in Makallé gelernt hat. Die Wut des belagerten Forts, eingekreist von Wilden. Und wie er nun mit diesem Eingeborenen kämpft, der um keinen Preis sein Leben lassen will, fühlt er sich nach Afrika zurückversetzt. Mari trägt die Frustration von Adua in sich und auch die von Dogali. Der hier unter ihm liegt, ist kein Mensch, sondern ein nichtsnutziger Zaptiè, ein eingeborener Söldner, nur ein belangloses Hindernis auf dem ruhmreichen Weg zur Erschaffung des Reichs … Denn in dieser Nation hat jeder seine Rolle, und sei es die, mit Freuden zu sterben.

Verzweifelt bäumt sich Zenobi ein letztes Mal auf. Nur noch ganz schwach pfeift der Atem durch die Zähne, in seinem Kopf pocht das Blut, die Schläfen dröhnen wie große Trommeln.

Finsternis …

… Er weiß nicht, warum er plötzlich wieder atmen kann: Er erinnert sich nur, dass, als er plötzlich die Augen aufschlug, der Maresciallo und der Avvocato plötzlich neben ihm standen und Mari von ihm wegzogen. Da hat er sich plötzlich so leicht gefühlt wie ein Bergarbeiter, der von einem Steinbrocken befreit wird. Dann der Schuss, er hat gesehen, wie Mari sich zusammenrollte, aber nicht wie ein Sterbender, sondern wie ein Fötus, der sich auf die Geburt vorbereitet.

Dass er noch lebt, begreift Zenobi erst einige Zeit später, als sie schon davonreiten und den zum Untergang verurteilten Wald hinter sich lassen.

Abgerissen und niedergeschlagen wie Pilger kehren sie nach Hause zurück. Sie wissen, was geschehen ist, aber sie können nicht darüber reden. Obwohl ihnen bewusst ist, dass sie dort gegen den heftigen Wind ankämpfen müssen, nehmen sie den Weg über die Ebene, um schneller heimzukommen. Eine fahle Sonne verabschiedet sich. Bescheiden grüßt sie, bevor sie im Meer versinkt, jenseits der Berge. Sie erwidern den Gruß, mit einer unmerklichen Drehung im Sattel.

Die Nacht geht. Der Wind nicht.

Er wird von Matteo Sircana, dem Postboten geweckt, der einen Brief aus Rom für ihn hat.

»Ich habe ihn Euch sofort gebracht, Avvocato, er schien mir wichtig. Ja was denn, habt Ihr etwa noch geschlafen?«

Bustianu zuckt die Schultern. »Wie spät ist es denn?«, fragt er.

»Na, schon nach elf.« Sircana grinst.

»Trink etwas, bevor du gehst«, sagt Bustianu, als er sieht, dass der Postbote sich zur Tür wendet.

»Nein, Avvocato, morgens trinke ich nicht.«

»Ach, nein?«

»Nicht mehr, aber nur morgens, sonst heißt es noch, ich wär Abstinenzler geworden.«

»Meine Güte, da sei Gott vor. Na dann auf Wiedersehen.«

»Auf Wiedersehen, Avvocato.«

Er weiß nicht, was in dem Brief steht, aber irgendwie weiß er es doch: Die Grasproben enthalten Spuren von Chlor, mehr als Spuren, um genau zu sein. Eine tödliche Menge Chlor. Was die Symptome eines Todes durch Chlor betrifft, so sind sie im Einzelnen: Blut aus Nase und Mund, Stiche in der Brust, Schwächung der Sehkraft und in der Folge Augenbluten, Pupillenverengung, Schweißausbrüche, unfreiwillige Entleerung von Darm und Blase, Muskelzucken, Krämpfe und Schwindel, Kopfschmerzen, Schläfrigkeit, Atemstillstand und Tod. Charakteristisch bei der Leiche sind dunkelblaue Fingernägel. Das sagt uns auch einiges über die letzten

Minuten im Leben der Elène Seddone und warum sie ihr die Hände abgehackt haben. Und über die Täter, sagt Bustianu zu sich selbst. Doch dieses Wissen führt zu nichts, macht alles nur noch schlimmer. Was hat diese arme Seele bloß getan? Ist sie ihrem Bruder gefolgt? Oder war sie rein zufällig in Bòrore? Oder, das ist die schrecklichste Vorstellung, hat der Bruder zugelassen, dass sie für die höhere Sache als Versuchskaninchen herhalten musste?

Wenn er das getan hat, so deshalb, weil er nicht wusste, dass er selbst ein Versuchskaninchen war. Wie all die törichten Helfershelfer, die sich im Namen einer höheren Sache, von der sie selbst nichts haben, dazu hergeben, andere arme Schlucker zu bekämpfen. Denn eins ist klar, sie sind doppelte Verlierer: Sie verlieren das Leben, und sie verlieren die Würde. Und solche Fehler wird man nicht mehr los, solche Fehler gibt man weiter, sie vermehren sich, bringen giftige Früchte hervor.

Und Cagnara? Den hat Mariani nach Bòrore geschickt, weil er wissen wollte, ob seine Befürchtungen stimmten, und weil er den Preis für sein Schweigen aushandeln wollte. So haben sie untereinander das arme Ding verschachert. Aber manchmal kann man sich eben nicht einig werden …

Clorinda kommt atemlos den Hügel herauf. Der Wind wirbelt die Locken auf ihrer Stirn durcheinander. Sie ist besorgt. »Ich dachte, es geht dir nicht gut«, sagt sie.

Bustianu lächelt sie an, dann umarmt er sie. »Ich wollte dich sehen«, flüstert er. Er ist so ruhig wie ein Bauer, der am Rand seines Hofes sitzt und mit dem Korn redet. »Und außerdem wollte ich dir etwas sagen«, fügt er hinzu.

Clorinda sieht ihn an und wartet.

»Ich wollte dir sagen, dass wir heiraten.«

»Ach«, erwidert sie. »Du und ich?«

Bustianu nickt.

»Und deine Mutter?«

»Die nicht, die heiraten wir nicht.«

»Sei nicht albern.«

»Morgen gehen wir zu meinem Bruder, zum Mittagessen, und sagen es ihnen.«

»Ich weiß nicht, ob das eine gute Idee ist.«

»Natürlich! Eine sehr gute Idee sogar.«

»Ich meine, vielleicht solltest du allein hingehen.«

»Nein, denn allein bin ich nichts, und das sollen auch sie wissen.«

Die Art, wie Bustianu zu ihr spricht, hat eine eigenartige Wirkung auf Clorinda. Eine herrliche Wirkung. Aber etwas beunruhigt ist sie schon. Denn sie hat gelernt, der Begeisterung zu misstrauen, weil sie wie ein Strohfeuer ist. Sie mag es lieber, wenn die Dinge durchdacht und wohl überlegt sind. Sie weiß, wenn man Tzia Remunda in die Enge treibt, hat man von vornherein verloren.

»Nun?«, fragt er.

»Um wie viel Uhr sollen wir da sein?«

Berichte über dieses Mittagessen waren etliche in Umlauf. Die beiden sind also bei Bustianus Bruder erschienen. Clorinda schön und schlicht. Bustianu mit der Überheblichkeit des Strafverteidigers, denn was er hier zu halten hatte, war ein schwieriges Plädoyer. Vielleicht das schwierigste in seinem Leben. Aber Raimonda hat sich nicht überzeugen lassen. Sobald sie Clorinda gesehen hat, soll sie, so heißt es, vom Tisch aufgestanden und in ihr Zimmer gegangen sein. Bustianus Bruder und seine Frau sollen ganz beschämt gewesen sein, denn sie mochten Clorinda auf Anhieb. Bustianu jedenfalls habe reagiert, wie nicht anders zu erwarten. Viel gefehlt hat wohl nicht, heißt es, und er hätte die Tür eingetreten, die die Mutter soeben hinter sich geschlossen hatte. Da habe der Bruder ihn beiseite genommen und ihm gesagt, er solle tun, was zu tun sei, um Raimonda werde er sich kümmern.

Manche sagen, sogar Pfarrer Farris habe man gerufen, um Bustianus Mamma zur Vernunft zu bringen, aber umsonst. Andere behaupten sogar, Bustianu habe gebrüllt, dass er für sie gestorben sei; sollte sie ihre Meinung ändern, sei sie willkommen, diesmal aber nur unter der Voraussetzung, dass sie sich bei Clorinda entschuldigt. Clorinda soll den Mund gar nicht aufgemacht und sich darauf beschränkt haben, so zu tun, als wäre sie gar nicht da.

Dann sind sie fortgegangen, Bustianu und Clorinda, ohne einen Bissen anzurühren, obwohl die Schwägerin sie gedrängt habe, doch wenigstens etwas zu probieren.

Der verfluchte Wind schnürt ihnen die Kehle zu, aber vielleicht ist es nicht bloß der Wind. Bustianu sagt kein Wort, während sie nebeneinander hergehen, Clorinda auch nicht. Er möchte sie auf den Hügel führen, doch sie will nicht. Nach einer Weile sagt sie, vielleicht sei es besser, wenn sie ihn jetzt allein lasse, besser für beide, doch sie sagt es ohne Groll. Sie sagt es, weil sie sich dieser Niederlage entziehen will. Außerdem, wenn sie erst einmal Mann und Frau seien, würden sie es noch früh genug satt haben, immer zusammen zu sein. Bustianu weiß, dass sie Recht hat. Deshalb begleitet er sie nach Hause und küsst sie vor dem Hoftor.

Dann macht er sich auf den Weg. Er spürt keine Wut. Er spürt keinen Groll. Er ist zu müde für irgendein Gefühl. Der rechte Arm schmerzt, und nicht nur der. Alle Schmerzen melden sich nun, jetzt, da der Körper sich langsam entspannt.

Während er so dahingeht und der Wind ihm ins Gesicht lacht, denkt er an das, was ihn erwartet. Er denkt an das Vieh, an die Menschen, an die Pflanzen, die sich nach Frieden sehnen. Stumm sagt er ein Gedicht, das eigentlich eher klingt wie ein …

… Gebet.

Lass die Abendsonne versinken, lass den Morgen rot heraufziehen.

Sprich durch Buche und Eiche, sprich durch ohrenbetäubenden Donner.

Und gib uns ein Zeichen in der letzten Stunde, wenn der Blick ein Lächeln nach sich zieht, die Flamme den Nachtfalter verführt, die Kinder einen Traum umarmen, die Ulmen in Aufruhr sind, die Hügel erdrückt werden vom Nichts.

Und gib, dass der Himmel explodiert, lass grelle Blitze zucken …

Gib harmonisches Farbenspiel, wenn der Atem stockt und die Hände wehmütig beben, die Kinder vom Lächeln träumen, die Felsen der Stille lauschen, die Zypressen den Horizont sprengen.

Gib, dass der Himmel aufklart, lass Frieden einkehren …

Sprich durch Blatt und Blüte, sprich durch den Tag, der vergeht.

Lass unser Herz fest und sicher schlagen.

Gib uns, jetzt,

Ruhe.

Nuoro, 2000 – Bologna, 2002